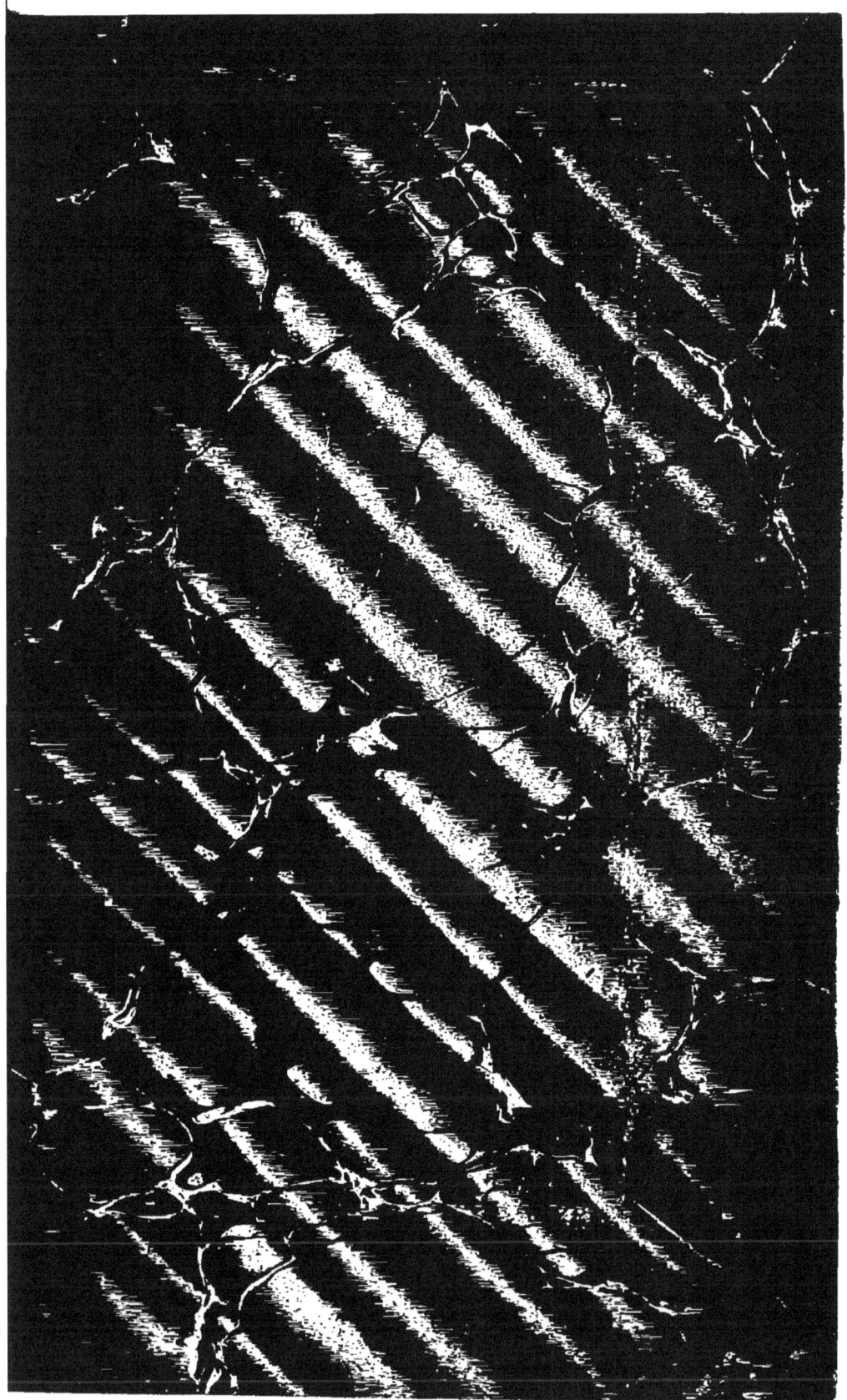

Souvenirs

d'un

Garde National

pendant le Siége de Paris

et sous la Commune

PAR UN VOLONTAIRE SUISSE

(Suite des Souvenirs d'un Franc-Tireur)

Ière Partie

LA CAPITULATION

(Nov.-Déc. 1870. Janv. 1871.)

NEUCHATEL

Librairie Générale de J. SANDOZ.

1871.

Tous droits réservés.

Lith. de H. Furrer, Neuchâtel.

SOUVENIRS

D'UN GARDE NATIONAL

Iʳᵉ PARTIE

SOUVENIRS

D'UN

GARDE NATIONAL

PENDANT LE SIÉGE DE PARIS

ET PENDANT LA COMMUNE

PAR UN

VOLONTAIRE SUISSE

PREMIÈRE PARTIE

LA CAPITULATION

SUITE DES SOUVENIRS D'UN FRANC-TIREUR
(Nov.-Déc. 1870. Janv. 1871)

NEUCHATEL

LIBRAIRIE GÉNÉRALE DE JULES SANDOZ

— 1871 —

IMPRIMERIE G. GUILLAUME FILS. — NEUCHATEL.

AVANT-PROPOS

L'accueil bienveillant que le public a bien voulu faire aux deux éditions de mes *Souvenirs d'un franc-tireur* m'engage à continuer mon travail. J'offre aujourd'hui à mes compatriotes mes *Souvenirs* de garde national, 1re partie, qui comprennent les mois de Novembre et Décembre 1870, et Janvier 1871. La 2e partie, qui paraîtra dans trois semaines environ, comprendra la période de Février, Mars et Avril 1871.

J'ai évité avec soin, dans mon récit, d'intercaler les décrets du gouvernement, ainsi que d'autres pièces officielles qui auraient peut-être intéressé, mais qui n'entraient pas dans le cadre de mes souvenirs. Par contre, j'ai reproduit, dans quelques chapitres, des fragments d'articles de journaux, des jugements de tribunaux, pensant que

ces citations de la presse parisienne et ces jug
ments serviraient à faire connaître d'une faço
plus exacte l'état des esprits et l'étrange situati
de la grande ville pendant les dernières semain
du siége.

G. G.

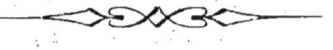

SOUVENIRS

D'UN

GARDE NATIONAL

CHAPITRE Ier.

Retour des trente francs-tireurs à Paris. — Le général Clément Thomas. — Il repousse notre demande. — Le petit
commandant de bataillon. — Séparation.

Après deux mois de service dans une compagnie
de francs-tireurs, je me trouvais de nouveau libre
de mes actions et je rentrais à Paris, le 24 novembre, avec une trentaine de camarades, sans avoir de
projets bien arrêtés sur ce que nous allions faire.
Quelques-uns d'entre nous voulaient jeter la va-
reuse aux orties, et reprendre la vie tranquille de
l'atelier ; d'autres qui ne désiraient que plaies et
bosses, étaient résolus à former une nouvelle compagnie de francs-tireurs, ou à entrer dans un autre

2

corps. Pour moi, sans être précisément de cette catégorie, j'aurais vu avec plaisir la formation d'un nouveau corps, me promettant d'avance d'user de l'influence que me donnaient mon ancienneté et mes galons de caporal pour y introduire une bonne discipline et en vue surtout de développer le goût du tir ; aussi, tout en nous acheminant vers la grande capitale, je discourais avec mes camarades, cherchant à les convaincre de l'avantage que donne à un groupe armé la discipline et la sûreté du tir.

Arrivés à Paris, devant le dépôt de la rue du Quatre Septembre, notre petite troupe se divisa naturellement en deux groupes bien tranchés : une dizaine d'hommes, ceux qui rentraient dans leurs familles, nous quittèrent après de cordiales poignées de main ; les vingt autres, décidés à défendre la République jusqu'au bout, se concertèrent sur ce qu'il y avait à faire.

Mes camarades, Antonin de Strasbourg, et Villaret, le Vaudois, proposèrent alors, pour éviter des démarches inutiles, et pour simplifier les choses, de nommer deux délégués, qui seraient chargés d'aller à la Place, exposer notre situation, et y demander, soit l'autorisation de former une nouvelle compagnie, soit notre incorporation en masse dans un autre corps de francs-tireurs.

Cette proposition fut adoptée et je fus chargé

avec Antonin de représenter la petite troupe et de plaider sa cause.

Il était près de midi. On convint de se réunir le lendemain à 9 heures au dépôt, afin d'entendre le résultat des démarches, que nous convînmes de faire dans l'après-midi même.

J'allai dîner avec Antonin, et à trois heures, nous nous dirigeâmes tous deux vers la place Vendôme, où siégeait l'état-major de la garde nationale. A la porte, nous fûmes arrêtés par un garde national, qui était là en faction.

— Où allez-vous, citoyens ? nous demanda-t-il ?

— Nous désirons parler au général Clément Thomas, répondis-je. Savez-vous s'il est visible ?

— Je crois que oui. Montez par là, cet escalier à droite.

Nous suivîmes la route indiquée, et après avoir monté des escaliers, suivi des couloirs, nous arrivâmes devant la porte du bureau militaire, où nous heurtâmes avec discrétion.

— Entrez ! cria-t-on de l'intérieur.

Nous entrâmes, le chapeau à la main. Nous nous trouvions dans une salle d'assez grande dimension, décorée de cartes et de plans, au fond de laquelle étaient des tables, où travaillaient des employés et des officiers de la garde nationale.

— Que voulez-vous ? nous demanda un peu rudement l'un d'eux, un lieutenant.

— Parler au général Clément Thomas, répondî-
mes-nous du même ton.

— Il n'est pas visible.

Nous insistâmes :

— C'est pour une affaire très sérieuse, dis-je au
lieutenant qui avait pris la parole. Il nous faut absolument le voir.

L'officier nous toisa un peu, examinant avec un
sourire nos habits usés et nos guêtres délabrées :

— Attendez un moment, je tâcherai de vous introduire vers lui ; mais soyez courts, car son temps
est précieux.

— Très bien, nous attendrons, répondis-je.

Pendant que nous examinions curieusement les
divers plans suspendus aux murs de la salle, un officier, petit et vieux, se leva de sa place, et vint vers
nous. Aux galons de sa casquette et de ses manches,
je reconnus un commandant de bataillon de la garde nationale.

— Que lui voulez-vous, au général, mes amis ?
nous demanda-t-il.

Nous lui racontâmes alors l'affaire qui nous ame-
nait. Il nous écouta avec bienveillance, et nous fit
une multitude de questions. Puis il nous dit :

— Si vous n'obtenez pas du général ce que vous
demandez, venez vers moi, et je vous donnerai des
renseignements qui vous seront utiles.

Nous le remerciâmes. Dans ce moment, quelqu'un

sortit du cabinet du général Clément Thomas, et l'officier nous appela, et nous introduisit auprès du commandant en chef de la garde nationale.

Il était assis dans un fauteuil, devant un bureau chargé de paperasses, et dans une tenue moitié civile, moitié militaire.

L'officier en se retirant me glissa encore ces mots à l'oreille :

— Je vous le répète, ne soyez pas longs ! ne faites pas des phrases.

Je m'avançai près du général, suivi par Antonin, et nous arrêtant à trois pas de lui, nous attendîmes.

— Que désirez-vous ? nous demanda-t-il.

— Voici la chose en peu de mots, mon général, répondis-je, en me rappelant les instructions du lieutenant. Nous étions en garnison à Rosny, faisant partie d'une compagnie de 60 hommes, appelés les *Eclaireurs de la Garde nationale de la Seine.* Dernièrement, l'intendance nous refuse les 60 rations de vivres qui nous sont nécessaires, et n'en accorde plus que 30 ; alors, nous tirons au sort, la compagnie se dédouble, et nous voici, mon camarade et moi, délégués d'une vingtaine de francs-tireurs évincés, qui désireraient se rendre utiles, d'une manière ou d'une autre, à la défense de la République.

— De quelle manière voudriez-vous être utiles ? me demanda Clément Thomas.

— Soit en formant une nouvelle compagnie de francs-tireurs, répondis-je, soit en entrant tous ensemble dans la garde nationale, et formant une section d'une des compagnies de marche.

— La première combinaison est impossible, dit le général; on ne veut plus de nouvelles compagnies, au contraire, on les dissout autant que l'on peut. Nous avons toujours des histoires avec les francs-tireurs, ils nous donnent plus de fil à retordre que toute la garde nationale réunie. Aussi nous n'en voulons plus. La seconde combinaison n'est pas meilleure. Vous ne pouvez pas entrer tous ensemble dans la même compagnie, car il est impossible que vous habitiez tous le même quartier, et vous ne pourriez pas être avertis en temps utile, si votre bataillon partait subitement, au milieu de la nuit par exemple.

— En effet, mon général, répondis-je, ce serait difficile. Mais ne pourrait-on pas nous former en petite compagnie, qui marcherait en tête d'un bataillon, et qui serait facile à convoquer d'avance ?

— Non, caporal, ce que vous proposez est impossible, me dit Clément Thomas, et voici la seule chose qui soit faisable et utile. Dites à vos hommes qu'ils rentrent chacun dans l'arrondissement qu'ils habitaient auparavant. Là, ils s'adresseront aux mairies, qui les incorporeront immédiatement dans un et bataillon, où ils seront de suite armés et habillés, où ils recevront la solde de fr. 1 »50 par jour. Sous tous les rapports, ils seront mieux qu'auparavant.

Nous sentions que le général avait raison ; aussi, après nous être excusés de l'avoir dérangé, nous sortîmes de son cabinet, peu satisfaits, je l'avoue, mais convaincus qu'il faudrait nous séparer.

Le petit commandant de bataillon nous arrêta au passage.

— Eh bien ! qu'avez-vous décidé ? nous demanda-t-il.

— Nous allons probablement nous séparer et rentrer chacun chez nous, lui répondis-je ; peut-être entrerons-nous dans la garde nationale.

— Dans ce cas, et en attendant que vous ayez trouvé à vous incorporer, reprit le commandant, je vous inscrirai tous, vos camarades et vous, sur les listes de mon bataillon, et vous recevrez dès aujourd'hui la solde, si vous le voulez.

Je remerciai l'excellent homme, et l'assurai que je ferais part à mes camarades de son offre obligeante. Il me remit en outre une liste qu'il avait préparée, contenant une série de numéros de bataillons.

— Vous irez voir d'abord, continua le petit commandant, chez le capitaine Duval, 192, rue de Rivoli ; peut-être pourrait-il vous renseigner ; puis vous pourrez vous enquérir des commandants du 227e, du 149e, commandant Quevauvillers, du 148e, commandant Delacour, bataillon qui possède 420 fusils Snider, du 92e, du 8e, du 10e et du 11e. Vous pourrez voir aussi le capitaine d'armement Boulanger, du 246e, 12, rue des Récollets, Xe arrondissement.

Je pris le papier qui contenait toutes ces indications, et après avoir vivement remercié cet officier, nous sortîmes, heureux d'avoir trouvé quelqu'un qui s'intéressât à nous.

Nous nous dirigeâmes immédiatement vers la rue de Rivoli, chez le capitaine Duval, que nous trouvâmes dans son bureau, entouré de plans et de cartes des environs de Paris, et occupé à questionner des paysans. Il était chargé par le général Trochu, paraît-il, de réunir tous les documents et renseignements possibles sur les localités avoisinant la ville assiégée, et questionnait tous les paysans des villages de la banlieue, retenant les plus intelligents comme guides pour aider les corps d'armée dans les futures sorties, qu'on commençait à considérer comme imminentes.

Nous comprîmes bien vite que nous nous étions fourvoyés, et que le moindre paysan de Rosny ou de Villemonble serait mieux accueilli que nous du capitaine Duval. Il nous reçut cependant très poliment, et nous expliqua tout au long la mission dont il était chargé, ajoutant qu'il regrettait de ne pouvoir nous être utile.

Nous allâmes voir ensuite plusieurs commandants de bataillon. Tous nous déclarèrent qu'ils nous incorporeraient si nous voulions, dans leur bataillon, mais isolément, et répartis dans les diverses compagnies, et ne garantissant pas que les sous-officiers conserveraient leur grade. Quelques-uns demandaient même que nous fournissions notre arme, n'en ayant point, disaient-ils, à nous donner.

Notre mission était terminée. Nous n'avions plus qu'à avertir nos camarades de son résultat, et à retourner chacun chez nous. Quoiqu'il arrivât, Antonin me promit de venir habiter dans mon quartier, le VIe arrondissement, pour pouvoir faire partie du même bataillon que moi ; là-dessus, nous nous séparâmes, nous donnant rendez-vous pour le lendemain à 9 heures, au dépôt.

Chacun fut exact à l'heure indiquée, et là j'annonçai à mes camarades le résultat de nos démarches. Il y eut d'amères récriminations, quelques francs-tireurs s'étonnant du « peu de patriotisme » de Clément Thomas, qui refusait de nous laisser former une nouvelle compagnie. Ils étaient libres, cependant, prétendaient-ils, de verser leur sang de la manière qu'ils l'entendaient, et ne voulaient pas pour tout au monde entrer dans la garde nationale, dont ils s'étaient tant moqués autrefois.

Nous convînmes, quelques camarades et moi, de nous donner de temps en temps de nos nouvelles réciproques, afin de pas nous perdre de vue les uns les autres, et nous nous promîmes mutuellement de ne pas nous oublier. Sur cette promesse, on se sépara, et, accompagné de Villaret et d'Antonin, je repris la route de mon domicile, situé dans le quartier Latin.

CHAPITRE II.

Je vais avec Antonin et Villaret à la mairie du VIe arrondissement. — Nous entrons dans une compagnie de marche. —
Changement de costumes. — Le 85e bataillon de guerre.

Arrivés à l'hôtel que j'habitais, près du carrefour de
la Croix-Rouge, Antonin et Villaret y louèrent une
chambre, puis nous allâmes tous les trois nous
adresser à la mairie de Saint-Sulpice, du VIe arrondissement. Un adjoint du maire nous reçut fort
bien, et nous engagea à aller trouver le comman-
dant du 83e ou celui du 85e, bataillons complétement équipés et armés, et au besoin prêts à mar-
cher.

Comme nous nous dirigions du côté de la demeure du commandant du 85e, je rencontrai en route
plusieurs anciens camarades, faisant partie de ce
bataillon, et qui m'arrêtèrent. Apprenant ce que

nous cherchions, ils nous dirent qu'il n'y avait pas besoin de parler au commandant; l'un d'eux ajouta:

— Venez avec moi, chez le capitaine de ma compagnie, il nous manque encore quelques hommes pour la compléter; il sera enchanté d'avoir trois francs-tireurs ; seulement, tu ne conserveras probablement pas tes galons, ajouta-t-il en désignant mes insignes de caporal, car nous avons fini toutes nos élections avant-hier, et il se passera du temps avant qu'on en fasse de nouvelles.

Je lui répondis que la perte de mes galons me touchait peu, et nous le suivîmes chez son capitaine, que nous trouvâmes en compagnie de son sergent-major. Séance tenante, nous fûmes inscrits sur les rôles de la 2e compagnie de marche, et le sergent-major offrit de nous équiper immédiatement, ce que nous acceptâmes.

Il nous donna alors à chacun : un pantalon noir à large bande rouge, un petit képi, une tunique en drap noir, avec des parements rouges, une paire de guêtres en coutil, une paire de souliers Godillot (souliers plats, confectionnés pour l'armée, et qui avaient l'avantage d'être tous ou beaucoup trop grands ou beaucoup trop petits,) puis, une belle capote bleu de ciel, descendant jusqu'aux genoux, et qui promettait de nous garantir convenablement du froid. Enfin, nous prîmes chacun un havresac, une toile et les bâtons de tente, un bidon, un ceinturon, avec la giberne, et, à notre grand dégoût, un ignoble fusil à piston, rouillé et crasseux.

A nos exclamations et à nos rires, le sergent-major devina sans doute que ses fusils ne nous convenaient point, car il s'empressa de nous avertir que sous peu, il obtiendrait pour nous des tabatières, et qu'il ne nous donnait des pistons qu'à titre provisoire.

Nous nous chargeâmes alors de nos effets d'habillement et d'équipement, ce qui nous constituait une assez jolie charge, et nous regagnâmes notre hôtel. Là, nous procédâmes sans plus tarder à changer de pelure, comme disait Villaret, ce qui donna lieu à plusieurs scènes assez comiques, le sergent-major m'ayant donné des pantalons fort courts, tandis que Villaret, qui était d'une taille inférieure à la mienne, en avait reçu qui lui montaient jusque sous les épaules.

— Regarde donc, Georges, me dit Antonin en riant aux éclats, voilà Villaret transformé en pantalons.

— Oh! répliqua Villaret, il ne peut guère se moquer de moi. Regarde donc les siens !

En effet, je considérais piteusement mes pantalons trop courts, qui me descendaient un peu au-dessous du genou.

Antonin eut alors une idée lumineuse.

— Changez l'un avec l'autre. Vous y gagnerez tous les deux.

C'est ce que nous fîmes, et il fallut répéter l'opération tantôt pour les guêtres, tantôt pour les souliers.

Nous étions maintenant complétement habillés, et nous trouvions notre costume fort ample et fort joli. Les petites guêtres de coutil, qui nous serraient le cou-de-pied, nous semblaient bien préférables à nos énormes guêtres de francs-tireurs, bien utiles cependant pour marcher dans les champs humides.

Nous nous aperçûmes néanmoins qu'il manquait encore quelque chose à notre habillement. C'était les petits chiffres en métal que l'on fixait à son képi, indiquant le numéro du bataillon et celui de la compagnie. Quelques gardes ajoutaient même, à côté du chiffre, une M majuscule, indiquant qu'ils faisaient partie d'une compagnie de marche.

Nous sortîmes donc pour faire cette importante acquisition, et exhiber en même temps notre brillant uniforme. Nous étions devenus en un tour de main de vrais gardes nationaux, avec l'amour du clinquant, et celui des beaux habits. Egoïstes et ingrats que nous étions, nous méprisions presque notre honorable défroque de franc-tireur.

Le 85e bataillon de marche avait ses réunions sur la place Saint-Sulpice, et nous étions convoqués pour le lendemain à 8 heures, avec armes et sac garni sur le dos.

Chaque compagnie de marche avait deux clairons, qui avaient mission de convoquer la compagnie lorsqu'elle était appelée pour un service, en exécutant une sonnerie particulière dans toutes les rues habitées par les gardes nationaux. Ceux-ci étaient tenus de connaître la sonnerie de leur compagnie, et celle de leur bataillon.

La garde nationale sédentaire montait la faction aux remparts, et les Vétérans, gardes âgés de plus de 50 ans, occupaient les postes de police dans l'intérieur de la ville, conjointement avec la garde sédentaire. Les bataillons de marche, composés de l'élément jeune et vigoureux de la garde nationale, étaient réservés pour les gardes et sorties extra-muros ; aussi, en attendant la sortie prochaine, jouissaient-ils d'une douce oisiveté.

Dans l'origine, l'effectif du 85e bataillon se montait à 1,300 hommes ; lorsque parut le décret ordonnant la formation des compagnies de marche, on fit d'abord appel aux volontaires. Cet appel produisit peu d'effet ; mon arrondissement n'a jamais péché par excès de zèle, et j'ai toujours trouvé singulier que le quartier Latin, d'ordinaire si jeune et si remuant, eût si peu de feu sacré. — Quoiqu'il en soit, l'appel aux volontaires produisit très peu d'hommes, quoique la loi fût très large, et qu'on

pût se faire incorporer de 18 à 60 ans. Il fallut re-
courir aux gardes appartenant à la seconde catégorie, qui furent alors incorporés de par la loi :
c'étaient les célibataires ou veufs sans enfants, de
20 à 35 ans ; mais comme il fallait fournir 4 compagnies d'au moins 120 hommes chacune, cette catégorie ne fournit pas l'appoint nécessaire, et l'on
recourut encore à la troisième, celle des hommes
mariés ou pères de famille, de 20 à 35 ans. Il y eut
alors bien des récriminations, et surtout bien des
injustices. Il se passa même, dans certains bataillons de la rue de Grenelle et de la rue du Bac, des
faits ignobles. Des jeunes gens riches, pour se soustraire au service actif, — car s'ils consentaient à aller
au rempart en bottes vernies, et leur sac garni de
pâtés et de bon vieux Bordeaux, c'était tout autre
chose que d'aller aux tranchées, à portée des fusils prussiens ;—pour se soustraire au service, dis-je,
ils firent enrôler à leur place de pauvres diables de
domestiques ou des ouvriers malades ou perclus,
en leur offrant comme appât une somme dérisoire.
Au reste, chacun sait qu'il y a une certaine classe
de citoyens, en France, qui n'a jamais brillé par le
courage et le dévouement, et qui a toujours cru
que l'argent pouvait fort bien la dispenser de remplir ses devoirs civiques, même lorsqu'il s'agissait
de défendre la patrie envahie.

Dans le 85e bataillon, il y eut quelques tiraillements, mais comme il ne manquait que quelques hommes, on parvint à les trouver, et l'arrivée de nombreux volontaires et francs-tireurs permit, quelques jours après mon entrée, de renvoyer à leurs familles quelques gardes nationaux mariés et pères de plusieurs enfants.

Le soir de ce même jour, notre sergent-major nous envoya trois fusils à tabatière, d'énorme calibre, que je connaissais depuis l'affaire des carabiniers du plateau d'Avron, et nous rendîmes nos fusils à piston. Nous nous occupâmes alors à nettoyer ces armes, qui en avaient grand besoin, et nous appliquâmes une épaisse couche de cirage sur le cuir de nos souliers Godillot. Cette besogne achevée, nous allâmes nous coucher dans de bons lits, que nous trouvâmes de beaucoup préférables à notre couche de pois secs de Rosny.

CHAPITRE III.

Promenade matinale dans mon quartier. — L'appel. — La solde.
— Une lettre par ballon. — Le 28 novembre. — Exercices au
Luxembourg. — Sonnerie des clairons à minuit.

Je fus réveillé de grand matin par le son reten-
tissant d'un clairon, qui sonna le rappel, suivi du
refrain de notre campagnie. Puis d'autres clairons,
appartenant à divers bataillons, vinrent encore sonner au carrefour de la Croix Rouge. Le jour était
venu. Un froid piquant me contraignit à refermer
brusquement ma fenêtre que j'avais ouverte. Je fi-
nis de m'habiller, et je descendis dans la rue.

Les marchands de vin ouvraient leurs débits, causant sur le seuil de leur porte avec des pratiques
matinales. On avait entendu le canon pendant la
nuit, comme d'habitude, et l'on se demandait les
uns aux autres des nouvelles. Déjà, aux portes des

boulangeries et des boucheries, de longues files de femmes, vieilles et jeunes, stationnaient dans la rue, grelottant, les lèvres bleuies par le froid, et frappant des pieds en cadence pour se préserver des pavés glacés et gluants. Puis, les omnibus commencèrent à circuler, emmenant dans toutes les directions des négociants et des ouvriers affairés, et des militaires qui se rendaient à leur destination. Les garçons épiciers étalaient devant leurs magasins des produits fantastiques, graisses sentant le suif, et gelées douteuses. Les marchands de comestibles disposaient avec goût quelques carottes dans une corbeille, ou de petits champignons blancs, éclos dans les carrières des environs de Paris. Quelques choux maigres, quelques oignons gelés, étaient déjà cotés à des prix fabuleux. J'entrai dans une crèmerie. Le chocolat se prenait sans lait, et le café se buvait noir. Beaucoup de petits restaurants étaient fermés. Par contre, çà et là, dans certaines rues, un grand drapeau tricolore annonçait une cantine nationale ou municipale, où l'on pouvait aller manger pour deux sous de viande, deux sous de pain, et deux sous de légumes (riz ou haricots).

A 8 heures, je me trouvai armé et équipé sur la place Saint-Sulpice, en compagnie de Villaret et d'Antonin. Tout le bataillon était à peu près réuni. Les clairons sonnèrent l'assemblée, et l'appel se fit. Chaque compagnie était divisée, comme les compagnies de francs-tireurs, en 4 sections, et en 8 escouades. Je fus incorporé, avec Antonin, dans la première, et Villaret, malgré ses réclamations, dut faire partie de la troisième.

Chaque capitaine fit former le cercle à sa compagnie et les fourriers lurent un ordre du jour du commandant, dans lequel il était recommandé aux gardes nationaux de se tenir prêts, l'heure du départ étant proche. Il était enjoint, en outre, à chaque garde, de tenir son fusil en bon état, et de faire réparer ou changer au plus vite ceux dont la batterie était défectueuse.

Puis comme c'était jour de solde, le sergent-major compta à chaque garde célibataire la somme de fr. 6 pour quatre jours ; les gardes mariés reçurent en outre 75 cent. par jour en plus pour leurs femmes, et 30 cent. par enfant. Un volontaire belge de mon escouade, marié et père de 4 enfants, toucha par exemple, fr. 10»20, somme qui permettait parfaitement de vivre, grâce aux cantines municipales. Au reste, les gardes pauvres étaient aidés, me dit-on, par leurs camarades plus riches, grâce à l'institution des *Conseils de famille*, comité composé des officiers de chaque compagnie, qui distribuait discrètement des secours à ceux qui en demandaient et qui prouvaient qu'ils en avaient réellement besoin.

Le cadre de ma compagnie me parut composé d'hommes zélés, mais peu expérimentés. Notre capitaine était un ancien sergent-instructeur, les deux lieutenants n'avaient fait aucun service, le sergent-major et le fourrier étaient de bons comptables, et d'excellents garçons, mais ils étaient parfaitement incapables de commander une section. Quant aux sergents et aux caporaux, ils n'avaient jamais touché un fusil avant d'être de la garde nationale.

Aussi, malgré mon affirmation de la veille, j'étais un peu humilié d'avoir de pareils supérieurs. Mais je remarquai cependant que, quoique nouveaux venus, nous étions regardés avec une certaine déférence, car toute la compagnie avait su bien vite que nous avions déjà subi le baptême du feu.

Le bataillon fut licencié à 9 heures, et je retournai à mon logis avec Antonin et Villaret ; nous nous entretînmes de nos nouveaux camarades, et nous rimes de bon cœur en songeant à nos nouveaux officiers. J'avais cependant une certaine inquiétude en pensant à la future sortie, et au désordre qui pouvait arriver dans une affaire sérieuse, avec un cadre si peu aguerri et si peu expérimenté.

Ce jour-là, j'écrivis une lettre que j'expédiai par ballon monté, à mes parents à Neuchâtel, en Suisse. J'ai su plus tard qu'elle était arrivée à bon port, environ 30 jours après l'envoi. — On pouvait, grâce aux pigeons voyageurs, que les ballons emportaient avec eux, avoir des nouvelles de la province, et c'est par cette ingénieuse idée et ces poétiques courriers que nous connaissions la formation d'armées en province ; entr'autres celle de l'armée de la Loire, sur laquelle les Parisiens comptaient plus spécialement.

Chacun sentait que le grand jour approchait ; les journaux demandaient avec impatience une sortie ; quelques-uns, irrités des retards, qui donnaient le temps aux Prussiens, disaient-ils, d'élever de formidables batteries, laissaient planer des doutes sur la capacité et la bonne volonté du gouverneur de Paris. D'ailleurs, un grand nombre de bataillons de la garde nationale ne demandaient qu'à marcher, et à être conduits au feu.

Le 28 novembre, notre bataillon eut, comme d'habitude, un appel à 8 heures du matin sur la place Saint-Sulpice. Puis, il y eut une heure d'exercice dans les jardins du Luxembourg, pendant laquelle nous fîmes une espèce de parodie de l'école de tirailleurs. Le temps était froid et humide, et nous marchions sur un sol couvert de boue et de fumier ; nous étions sur l'emplacement où étaient parqués, en plein air, quelques semaines auparavant, des milliers de bœufs. Aussi ce magnifique jardin, si propre et si embaumé d'ordinaire, ressemblait maintenant à un vaste parc à bestiaux, et des émanations fétides remplaçaient les douces senteurs des lilas et des roses.

Le soir, Antonin et Villaret vinrent passer quelques heures dans ma chambre ; nous causâmes et nous fumâmes longtemps, puis vers 11 heures du soir, on se sépara pour aller se coucher.

J'étais au lit depuis d'une heure, ne pouvant dormir, lorsque tout à coup, le son d'un clairon me fit tressaillir. J'écoutai : c'était la sonnerie de mon bataillon.

Je saute à bas de mon lit, je m'habille en toute hâte et cours dans la chambre d'Antonin. Je le trouve en train de s'habiller. Je vais avertir Villaret, qui dormait du sommeil du juste. Nous nous équipons ; nous endossons nos sacs, et, le fusil à la main, nous descendons dans la rue. De tous les côtés, les gardes nationaux arrivaient ; l'appel des clairons ne discontinuait pas, tout le quartier retentissait de leurs sonneries. Les fenêtres s'ouvraient, les lumières circulaient dans les appartements. Nous nous dîmes alors : « Cette fois, il y a quelque chose. »

Et, à grands pas, nous nous dirigeâmes vers la place Saint-Sulpice.

Déjà une noire fourmilière d'hommes remplissait la place, et aux lueurs des becs de gaz, nous découvrîmes une partie de notre compagnie, réunie autour de son petit drapeau. Chacun était inquiet, surexcité. Tous ces groupes d'hommes, accourus en toute hâte, émus, effarés, se demandant des nouvelles, avaient un aspect étrange. Les deux grandes tours de Saint-Sulpice élevaient dans les airs leur noir profil, et le vaste séminaire des Jésuites était plongé dans l'ombre. L'air était froid, et il semblait qu'il allait neiger. On entendait au loin par intervalles, le sourd grondement du canon. C'étaient les forts du sud qui commençaient le feu.

CHAPITRE IV.

La proclamation du général Ducrot. — Enthousiasme. —
Départ du 85e. — Arrivée à Rosny.

En peu de temps, notre bataillon fut au complet.
Les tambours battirent, et nous nous mîmes en rang,
faisant face à l'église Saint-Sulpice. Tous les postes
occupés par la garde sédentaire étaient sous les armes. Y avait-il attaque des Prussiens, ou était-ce nous
qui allions attaquer? Personne n'en savait rien.
Cependant le canon tonnait toujours, mais à intervalles réguliers, et le bruit sourd et l'intensité du
son indiquaient que les grosses pièces de marine
seules prenaient part à l'action.

Malgré la gravité apparente de notre situation,
quelques plaisanteries éclataient par-ci par-là
dans nos rangs. Un garde avait oublié son sac, et

courait en toute hâte le chercher. Un autre même était accouru si précipitamment qu'il était venu sans son fusil. Il s'éclipsait tout confus, accompagné des rires de ses camarades. Je me tâtai alors, et je constatai que j'étais bien pourvu de tout ce qu'il me fallait. Nous avions chacun une centaine de cartouches dans notre sac, et une vingtaine dans la giberne.

Un second roulement de tambour se fit entendre. Les officiers furent appelés devant le front du bataillon, afin de recevoir les ordres du commandant. Au bout d'un instant ils rejoignirent leur compagnie, et chaque capitaine fit former le cercle.

Le capitaine Rétinat, de la 2e compagnie, arriva le dernier. Se plaçant devant nous il commanda :

— Deuxième compagnie! Reposez-armes! (1) A droite et à gauche! formez le cercle!

Nous exécutâmes le mouvement commandé, puis notre sergent-fourrier Lefèvre nous lut la proclamation suivante :

> Citoyens de Paris,
> Soldats de la garde nationale et de l'armée!

La politique d'envahissement et de conquête entend achever son œuvre. Elle introduit en Europe et prétend fonder en France le droit de la force. L'Europe peut subir cet outrage en silence, mais la France veut combat-

---

(1) Ce commandement de reposer les armes se disait ainsi: *Repose-vos — Armes !*

tre, et nos frères nous appellent au dehors pour la lutte
suprême.

Après tant de sang versé, le sang va couler de nouveau. Que la responsabilité en retombe sur ceux dont la
détestable ambition foule aux pieds les lois de la civilisa-
tion moderne et de la justice ! Mettant notre confiance en
Dieu, marchons en avant pour la patrie.

Le Gouverneur de Paris,
Général TROCHU.

Paris, 28 novembre 1870.

Après cette lecture, il y eut un court instant de
silence. Puis le fourrier, dépliant une seconde proclamation, reprit sa lecture d'un ton ému, et d'une
voix brève, saccadée, étrange, qui m'impressionna
vivement. Les traits de mes camarades, à demi
éclairés par la flamme jaune et tremblotante d'une
chandelle, étaient anxieux et attentifs. L'émotion
était générale.

Voici cette proclamation, célèbre maintenant,
que le fourrier nous lut :

Soldats !

Le moment est venu de rompre le cercle de fer qui
nous enserre depuis trop longtemps et menace de nous
étouffer dans une lente et douloureuse agonie ! A vous
est dévolu l'honneur de tenter cette grande entreprise :
vous vous en montrerez dignes, j'en ai la certitude.

Sans doute, nos débuts seront difficiles ; nous aurons à
surmonter de sérieux obstacles ; il faut les envisager avec
calme et résolution, sans exagération comme sans faiblesse.

La vérité, la voici : dès nos premiers pas, touchant nos avant-postes, nous trouverons d'implacables ennemis, rendus audacieux et confiants par de trop nombreux succès. Il y aura donc là à faire un vigoureux effort, mais il n'est pas au-dessus de vos forces : pour préparer votre action, la prévoyance de celui qui nous commande en chef a accumulé plus de 400 bouches à feu, dont deux tiers au moins du plus gros calibre ; aucun obstacle matériel ne saurait y résister, et, pour vous élancer dans cette trouée, vous serez plus de 150,000, tous bien armés, bien équipés, abondamment pourvus de munitions, et, j'en ai l'espoir, tous animés d'une ardeur irrésistible.

Vainqueurs dans cette première période de la lutte, votre succès est assuré, car l'ennemi a envoyé sur les bords de la Loire ses plus nombreux et ses meilleurs soldats ; les efforts héroïques et heureux de nos frères les y retiennent.

Courage donc et confiance ! Songez que, dans cette lutte suprême, nous combattrons pour notre honneur, pour notre liberté, pour le salut de notre chère et malheureuse patrie, et, si ce mobile n'est pas suffisant pour enflammer vos cœurs, pensez à vos champs dévastés, à vos familles ruinées, à vos sœurs, à vos femmes, à vos mères désolées !

Puisse cette pensée vous faire partager la soif de vengeance, la sourde rage qui m'animent et vous inspirer le mépris du danger !

Pour moi, j'y suis bien résolu, j'en fais le serment devant vous, devant la nation tout entière : je ne rentrerai dans Paris que mort ou victorieux : vous pourrez me voir tomber, mais vous ne me verrez pas reculer. Alors, ne vous arrêtez pas, mais vengez-moi !

En avant donc ! en avant ! et que Dieu nous protége !

Paris, le 28 novembre 1870.

Le général en chef de la 2e armée de Paris,
A. DUCROT.

La lecture de cette proclamation fut écoutée avec une religieuse attention. Qu'on se représente l'effet de ces paroles frémissantes, lues par notre fourrier à la lueur vacillante d'une chandelle, et écoutées par tous ces hommes armés, soldats-citoyens, la plupart animés du désir de combattre l'envahisseur, et de sacrifier leur vie pour la défense de la République. Ajoutez à cela l'entourage sombre et grandiose qui nous environnait, l'heure à laquelle cette proclamation nous était lue, et la commotion que produisait dans tous les cœurs chacun de ces coups de canon qu'on entendait gronder au loin.

Aussi toute la compagnie, un moment recueillie, remuée par les patriotiques paroles du général Ducrot, s'écria avec enthousiasme :

— Vive la République ! Vive le général Ducrot !

Et tout le bataillon, emporté par l'ardeur guerrière, poussa un cri unanime :

— Vive la République !

Et la *Marseillaise*, chantée, criée, hurlée, par cinq cents hommes, retentit, sauvage et terrible, dans cette place St-Sulpice, un instant auparavant silencieuse et tranquille.

J'étais transporté d'enthousiasme. Mes appré-
hensions avaient disparu.

— Certainement, dis-je à Antonin, avec de pareils
hommes nous pouvons vaincre ! Pourvu que cette
ardeur se soutienne.

— Oui, *pourvu que !* me répondit Antonin d'un
air de doute.

A ce moment notre capitaine commanda de nouveau :

— Sur le centre ... — alignement !

Tout le bataillon se trouva de nouveau sur la
même ligne et l'on attendit.

Les officiers causaient entre eux à voix basse.
Ils se concertaient probablement.

— Où allons-nous, major ? demanda alors Marteau, un des caporaux de mon escouade, au sergent-major Berger.

— Je n'en sais rien, répondit celui-ci, le capitaine ne le sait pas non plus, et je commence à croire que notre commandant est dans le même cas
que nous.

— Diable ! mais enfin on ne nous a pas fait lever
pour rien, j'espère ! répliqua le caporal Marteau.

— Soyez tranquille, nous arriverons toujours
assez vite pour la danse ! dit le fourrier Lefèvre.

— J'étais mieux dans mon lit qu'ici, dit en grelottant Grapinet, le Belge dont j'ai parlé plus haut.

— Vous allez revoir vos amis les Prussiens ! me

dit le sergent-major. Vous devez regretter votre carabine Snider.

— Oh ! répondis-je, je ne sais pas encore si je serai appelé à faire feu avec cette arme. On verra.

— Si j'avais su que c'était pas plus pressé que ça, dit Marteau, je me serais donné le temps de faire chauffer un bol de vin rouge, pour me donner du cœur au ventre.

La conversation continua sur ce ton. Toute la bonne impression produite par la proclamation de Ducrot et la solennité des circonstances, s'en allait en plaisanteries ou en bâillements. Jamais je n'ai vu aussi peu de sérieux et de foi patriotique qu'à Paris, dans ces moments-là.

Pendant plus d'une heure, nous restâmes là, sur la place, sans aucun ordre. Peu à peu les rangs s'étaient disjoints, et l'on causait par groupes, fumant, discutant et frappant des pieds pour se réchauffer. Il faisait de plus en plus froid. Enfin, un roulement de tambours nous rappela sur les rangs. On nous fit numéroter, porter armes, et nous voilà partis, toujours sans connaître notre destination.

Nous suivîmes la rue Bonaparte, puis le quai, et nous traversâmes la Seine sur le Pont-Neuf. De tous côtés, des bataillons étaient en marche. De longs convois d'artillerie suivaient les quais, et de nombreuses troupes de lignes s'acheminaient au sud, dans la direction de Vincennes ou d'Ivry. Je pres sentais dès lors l'endroit où Ducrot frapperait son grand coup.

Pour nous, on nous fit prendre la rue Montmartre, puis nous suivîmes le boulevard, jusqu'au faubourg du Temple, où la tête du bataillon s'engagea.

Antonin me dit alors :

— Georges, devines-tu où nous allons ?

— Il me semble que nous ne pouvons plus guère aller qu'à Rosny ou à Nogent, lui répondis-je.

— Silence dans les rangs ! me dit d'un ton rogue le lieutenant Herbelin, qui m'avait entendu, et qui marchait à côté de moi, en compagnie de la cantinière.

Cependant ma réponse avait intrigué mes camarades.

— De quel côté est Rosny ? me demanda à voix basse le caporal Marteau.

— A l'ouest de Paris, presque devant nous, répondis-je du même ton.

— Est-ce près des avant-postes prussiens ? continua mon interrogateur.

— Mais oui, assez près, à quelques portées de fusil.

— Silence donc ! reprit le lieutenant avec humeur. Gardez ce que vous savez pour vous ! Vous faites trop de bruit !

— En effet, repris-je, l'ennemi pourrait nous entendre, nous n'en sommes plus qu'à trois lieues.

— Taisez-vous! s'écria le lieutenant, vexé de ma plaisanterie, qui avait fait rire mes camarades à ses dépens.

Et le lieutenant se mit à causer et à plaisanter avec la cantinière, gracieuse et coquette Parisienne, qui portait crânement en bandoulière un petit fusil de chasseur.

Nous marchâmes quelque temps sans mot dire. Mais arrivés à la porte de Romainville, il n'y eut plus moyen de garder le silence.

Mes camarades connaissaient peu ou point cette partie de Paris, et j'étais le seul avec Antonin qui pût donner quelques indications à mes camarades. La nuit était noire, mais je reconnaissais cependant parfaitement la route et les endroits où nous passions.

Le canon tonnait toujours, et il me semblait même que le feu augmentait d'intensité.

Nous étions arrivés devant le fort de Romainville, et notre bataillon fit halte. Il pouvait être trois heures du matin. Le ciel était toujours couvert de nuages, mais le temps s'était un peu radouci. De tous côtés, j'entendais le canon, et seulement alors je compris que tous les forts de Paris tiraient à la fois, sans doute pour cacher à l'ennemi jusqu'au dernier moment de quel côté se ferait l'attaque.

On fit une distribution rapide de pain et de lard salé, et le bataillon se remit en route.

Il y avait déjà des blessés dans ma compagnie. Quelques gardes étaient si peu accoutumés à marcher qu'ils souffraient déjà beaucoup de la fatigue ; d'autres avaient les pieds écorchés par leurs mauvais souliers. Je prévis qu'arrivés à notre destination, il faudrait organiser de suite un hôpital assez important.

Nous suivîmes la route stratégique qui longe le plateau de Montreuil, allant de Romainville à Rosny et Nogent. A gauche, à nos pieds, je voyais la plaine de Bondy, où j'avais passé naguère de beaux jours ; il y avait du côté de Noisy et de Merlan une certaine agitation et il me semblait entendre le bruit sourd, que produit une quantité d'hommes en marche. En effet, je sus le lendemain que ces villages étaient bourrés de troupes, et qu'elles allaient prendre part aux combats qui devaient se livrer à l'est de Paris.

Près du fort de Rosny, nous dûmes nous rang er pour laisser passer un convoi d'artillerie, qui suivait la route, et qui se dirigeait du côté de Nogent. Pendant une demi-heure, les canons et les caissons passèrent, remplissant l'air d'un bruit sourd, monotone, qui nous faisait un singulier effet. Cependant malgré l'espèce d'inquiétude que nous éprouvions tous, dans l'attente d'événements graves, nous avions une assez bonne envie de dormir, et je me réjouissais d'avance du moment où nous serions arrivés à destination.

A quelques pas du fort, je voyais briller une grande quantité de feux de bivouac, autour desquels se serraient des soldats transis. Je vis des mobiles, des zouaves, des artilleurs ; tous avaient l'air de n'être là qu'en passage, et n'attendaient que l'arrivée du jour pour se remettre en route.

Lorsque le défilé d'artillerie eut cessé, nous prîmes la route qui descend au village de Rosny, et nous ne tardâmes pas à faire notre entrée dans cette localité. En passant devant la porte de la maison occupée par mes anciens camarades les *Eclaireurs*, je remarquai qu'elle était fermée, et que la compagnie n'y était plus. Avait-elle changé de domicile, ou bien était-elle partie en avant ?

Près de l'église, notre bataillon fit halte, et après une demi-heure d'attente, on nous annonça que nous allions pouvoir nous reposer. Mais il nous fut défendu de nous éloigner de l'église. Les gardes nationaux s'empressèrent alors de chercher un gîte pour dormir ou se délasser un peu. Partout autour de moi je n'entendais que des plaintes sur la pesanteur des sacs, et l'embarras qu'ocasionnait le port d'un fusil ou d'une giberne trop bien garnie.

CHAPITRE V.

Rencontre d'un *Lilas*. — Les obus du fort de Rosny. — Le café
du caporal Marteau.— Je retrouve Hefter.—Conversation. —
La journée du 29 novembre. — La Gare-aux-Bœufs. — Le
plateau d'Avron.

Laissant là mes camarades se plaindre, je résolus,
avant de prendre moi-même un peu de repos, d'aller
aux informations, et, accompagné d'Antonin, je re-
montai la rue, espérant y rencontrer un de mes
anciens camarades. Mais nous pûmes bientôt nous
convaincre que notre ancienne compagnie n'était
plus là, et qu'elle avait dû quitter le village. Comme
nous cherchions à questionner un mobile, en faction devant une maison voisine, je vis passer un
franc-tireur, que je reconnus pour appartenir à la
compagnie des Lilas. Nous le hélâmes.

— Eh! l'ami! lui cria Antonin. Pourrais-tu nous
dire ce que sont devenus les *Éclaireurs*? Ils ne
sont plus là, près de la forge.

Le franc-tireur s'arrêta, et nous examina un instant. Il nous reconnut alors, et nous répondit:

— Tiens! n'étiez-vous pas les deux des *Éclaireurs* ? Il me semble que je vous remets.

—Oui; nous avons quitté récemment la compagnie, lui répondis-je, et nous trouvant à Rosny avec notre bataillon, nous voulions dire bonjour en passant à nos anciens camarades. Mais nous venons de trouver leur porte fermée.

— Je puis vous renseigner, répondit le *Lilas* ; j'ai vu hier soir tous les *Éclaireurs* quitter le village, et ils doivent être, à l'heure qu'il est, campés sur le plateau d'Avron.

— Et où est maintenant votre compagnie? demandai-je.

— Nous sommes à la Ferme-brûlée, me répondit-il, et nous allons probablement partir pour Ville-monble. On occupe toutes les maisons de ce côté, et je pense que l'attaque se fera par là. J'ai vu une quantité de troupes. Et puis, on va mener de l'artillerie sur le plateau d'Avron. C'est assez clair, il me semble. Dès que le jour se fera, vous allez voir une vraie sortie.

Et notre *Lilas*, comme s'il s'en réjouissait, fit entendre un claquement de langue que n'eût pas désavoué un Hottentot. Puis il ajouta :

— Pardon, il faut que je vous quitte. J'oubliais que j'ai une commission pressée à faire. On se reverra. Au plaisir !

Et le brave franc-tireur s'éloigna à grands pas, se dirigeant du côté du fort de Rosny.

Nous retournâmes alors du côté de l'église, examinant avec curiosité les éclairs sanglants qui jaillissaient des forts de Nogent et de Rosny, éclairs qui illuminaient le ciel par instants, et qui étaient suivis, quelques secondes après, par de sourdes détonations. Puis nous entendions siffler le projectile au-dessus de nous, et, une vingtaine de secondes après, un bruit lointain de tonnerre nous apprenait que la masse de fonte avait éclaté dans les lignes ennemies.

Nous eûmes quelque peine à retrouver nos camarades, qui s'étaient réunis dans une espèce de cave, où ils avaient allumé un peu de feu pour se réchauffer ; quelques gardes étaient à la recherche d'eau potable, pour confectionner du café, pendant que le caporal Marteau écrasait les grains torréfiés avec la crosse de son fusil.

Grâce à ma connaissance de la localité, je trouvai assez facilement de l'eau, et nous pûmes en rapporter un grand bidon. L'on en remplit une gamelle, qui fut placée sur le feu, que nous surveillions tous avec sollicitude, en fumant force pipes, sans doute pour nous donner le change, et ne pas sentir l'épaisse fumée qui envahissait notre domicile souterrain.

Quelques gardes, plus fatigués que les autres, étaient étendus sur leur dos, dans les recoins sombres de la cave, et demandaient d'une voix dolente qu'on activât la cuisson de l'eau. Puis de temps en temps, un de ces malheureux, gorgé de fumée, criait qu'il étouffait, et il était obligé de sortir dans la rue, pour aspirer un peu d'air frais.

Enfin l'eau bouillit ; le caporal Marteau apporta le café, moulu de la manière primitive que l'on sait, et il le versa avec le sucre dans l'eau bouillante. Puis, remuant gravement le tout avec un morceau de bois, il s'écria :

— Ceux qui veulent du café peuvent préparer des tasses ou des gamelles ; apportez un filtre !

Mais il n'y avait pas de filtre. De linges propres, il n'y en avait pas non plus. Heureusement Anselme, un des gardes de l'escouade, avait avec lui la trousse d'infirmier, et il en sortit un morceau d'étoffe propre, dans lequel le café fut coulé, après qu'un charbon rouge eut été plongé dans le liquide écumant. Chacun alors s'avança avec un vase quelconque, et Marteau distribua avec sagesse à chacun sa part, tenant soigneusement compte de l'inégalité des bocaux dans lesquels ses camarades buvaient. Une ration d'eau-de-vie fut donnée aussi à chaque garde, et le jour commençait à poindre lorsque nous eûmes terminé notre repas matinal.

Le temps était doux, et la journée qui commençait promettait d'être moins froide et moins triste que la précédente. Chacun demandait ce que nous allions faire, et personne ne pouvait répondre. Nos officiers étaient assaillis de questions, mais ils étaient aussi ignorants que nous sur ce que nous allions devenir.

Je supposai avec raison que mon bataillon ne serait jamais mis en première ligne d'attaque, et qu'il servirait tout au plus de soutien aux régiments de ligne et aux francs-tireurs qui enleveraient les avant-postes. Mais j'étais impatient de connaître le but précis de l'attaque, et de sortir d'une incertitude, qui ne laisse pas que d'être assez pénible.

Cependant, sur une réponse évasive de notre commandant, qui disait qu'il n'avait pas d'ordres, tous les gardes nationaux s'installèrent plus confortablement dans les maisons inhabitées du village, tout en se querellant un peu avec les mobiles et les paysans; mon escouade, elle, ne quitta pas sa cave, et l'on décida que l'on s'occuperait de suite des préparatifs du déjeûner. Chacun se répartit une tâche, l'un allant aux légumes, l'autre à l'eau ou au bois, et sans perdre de temps, le caporal Marteau mit sur le feu une grande marmite, empruntée à un paysan. On mit dans cette marmite notre part de lard salé, accompagné de quelques pommes de terre et de poireaux, et un feu brillant flamba de nouveau.

Au moment, où, aveuglé par la fumée, qui s'échappait avec difficulté de notre réduit, j'allais en sortir pour respirer le grand air, j'entendis une voix qu'il me sembla connaître, qui disait sur la route :

— Nous avons passé une nuit assez tranquille, malgré le tintamarre des forts. Auriez-vous un peu de tabac, lieutenant? Très-peu. Seulement pour une cigarette.

En écoutant cette voix et cette demande, je n'eus plus aucun doute. C'était le sergent Hefter. Je sortis de mon bouge enfumé, et je l'accostai.

Il parut stupéfait de me voir costumé en garde national. De mon côté, je le trouvai fort changé. Son grand chapeau à plumes avait été remplacé par une vilaine petite casquette de *moblot*, et au lieu de la couverture dans laquelle il aimait d'ordinaire à se draper, il portait maintenant sur ses épaules un petit manteau à capuchon, semblable à celui des chasseurs de Vincennes.

Je me hâtai de le questionner sur ce qu'il faisait actuellement et sur ce qu'il pensait de la situation. Il m'apprit alors que le génie exécutait des travaux sur le plateau d'Avron, dans le but d'y placer des batteries, et que des artilleurs étaient déjà installés, prêts à commencer le feu dès que faire se pourrait. Il avait vu depuis le haut de la colline, d'où il venait, une quantité de troupes du côté de Nogent, et l'on disait partout qu'un corps d'armée allait passer la Marne.

— J'espère, ajouta-t-il, qu'on ne laissera pas ma

compagnie s'embêter sur son plateau, et qu'on la mettra en avant. Mais jusqu'à présent nous n'avons pas d'ordre de départ. Et pourtant ça va commencer.

En effet, dans ce moment, et comme pour appuyer l'assertion de Hefter, des détonations lointaines, sourdes et de plus en plus fréquentes, se firent entendre. Nous prêtâmes l'oreille. Les coups venaient du sud, tirés probablement par les forts de Charenton ou d'Ivry, et par les redoutes des Hautes-Bruyères et du Moulin-Saquet. Etait-ce là que l'action s'engageait ?

Hefter me proposa de l'accompagner un instant, et j'y consentis. J'appelai Antonin, et nous le suivîmes dans le village. Je le croyais chargé d'une importante commission, mais, sur ma question, il me répondit qu'il était descendu du plateau d'Avron tout simplement pour boire un ou deux *rhums* vers « sa petite cantinière des mobiles de l'Hérault. »

— Et si ta compagnie partait sans toi ? lui demanda alors Antonin.

— Partir sans moi ? répéta Hefter d'un ton dédaigneux. Est-ce qu'une caravane ose s'aventurer sans guide dans le désert ?

— Tu es donc le guide ? lui demandai-je en riant.

— Oui, et je puis t'assurer que depuis ton départ, je suis bien plus le chef de la compagnie que ce pau-

vre lieutenant Buchon, qui ne fait que me demander des conseils et exécuter mes ordres.

Je vis qu'Hefter avait conservé ses allures et son
petit grain de vanité. D'un autre côté, je savais
aussi qu'il avait une certaine influence sur ses
camarades, et en y réfléchissant, ses exagérations
avaient quelque vraisemblance.

Après lui avoir demandé quelques renseignements
sur la place exacte qu'occupaient les *Eclaireurs* et
lui avoir promis que nous irions les voir dans
l'après-midi, si notre bataillon ne donnait pas,
hypothèse qui fit rire Hefter aux éclats, nous nous
séparâmes, et je rejoignis avec Antonin mon escouade, toujours rassemblée dans son souterrain, aussi
enfumé qu'auparavant.

La soupe était prête, et le lard fut partagé entre
tous les hommes de l'escouade. Il fut fait une distribution de pain et de biscuit, et chaque soldat reçut
un demi-setier (quart de litre de vin). La gaieté
était générale : il était clair que le bataillon n'irait
pas au feu ce jour-là ; d'ailleurs la canonnade lointaine avait presque cessé.

L'après-midi, je voulus visiter le plateau d'Avron
et y examiner les travaux que le génie y exécutait.
Mais, au moment où je m'éloignais avec Antonin,
je fus arrêté par notre capitaine, qui m'avertit qu'il
était défendu de s'éloigner du village. Nous passâmes donc notre après-midi à nous promener, à

causer avec des mobiles et à fumer un grand nombre de pipes.

Vers le soir, les nouvelles arrivèrent, et l'on sut peu à peu ce qui s'était passé dans la matinée, mais il me fut difficile, ce jour-là, de me faire une idée nette des opérations militaires de la journée.

Voici, en résumé, ce qui s'était passé autour de Paris depuis notre départ de la veille de la place Saint-Sulpice (28 nov.) jusqu'à la fin de la journée du 29. On aura par ces détails l'explication de la canonnade intense et générale que j'entendis pendant vingt-quatre heures, tantôt sur un point, tantôt sur un autre :

La première attaque eut lieu du côté de la presqu'île de Gennevilliers. Des batteries de mortiers, de fusées et d'artillerie, établies non loin des ponts d'Argenteuil et de Bezons, avaient commencé le feu à six heures du soir, et le canon gronda de ce côté jusqu'après minuit. Plusieurs incendies furent allumés par les projectiles français. — Puis, sans doute pour donner le change à l'ennemi sur la véritable attaque, une colonne de troupes fit une reconnaissance hardie sur Buzenval et sur les hauteurs de Boispréau dès la pointe du jour, pendant que le général Vinoy attaquait au sud la Gare-aux-Bœufs de Choisy-le-Roi, et le village de l'Hay.

Une artillerie considérable prit part à cette dernière affaire ; les canons du fort de Charenton, du Moulin-Saquet et des batteries environnantes, ceux des Hautes-Bruyères, des canonnières et des wagons blindés, durent causer d'assez grandes pertes à l'ennemi, qui parvint cependant à repousser les troupes françaises et à réoccuper l'Hay le même jour, malgré le feu écrasant dirigé sur lui.

J'ai su plus tard que, dans l'affaire de la Gare-aux-Bœufs, les marins avaient montré une grande bravoure, abordant l'ennemi, comme au Bourget, la hache à la main, genre d'attaque qui, on le comprend, leur coûta cher. Ils étaient appuyés, dans cette affaire, par des compagnies de guerre des 106e et 116e bataillons de la garde nationale. Mais si tout le sang versé le fut par les marins, tout l'honneur fut pour les gardes nationaux, car le gouvernement, fidèle à son système de flatter sans cesse la garde nationale, publia dans ses rapports officiels, que les deux bataillons en question « prirent possession de la Gare-aux-Bœufs avec un entrain et une bravoure qui méritent les plus grands éloges. Ils étaient *aidés* par nos marins. »

A l'attaque de l'Hay, qui coûta 400 hommes, ce furent deux régiments de ligne, et deux bataillons de mobiles bretons qui enlevèrent les positions, et les occupèrent quelques heures. Il faut rendre cette justice au général Trochu qu'il n'épargna pas ses compatriotes pendant le siége. Dans toutes les affaires sérieuses, on vit surtout figurer, parmi les mobiles, ceux de la Bretagne et de la Vendée. Peut-être avait-il plus confiance en eux qu'aux autres. Ce qu'il y a de certain, c'est que j'ai remarqué que ces mobiles étaient ceux qui connaissaient le mieux leurs armes, étant tous plus ou moins braconniers ou chasseurs.

Mais une chose que nous n'apprîmes que plus tard, que les rapports officiels ne dirent pas, et qui avait pourtant une importance capitale, c'est que le général Ducrot avait voulu passer la Marne sur des ponts de bateaux à une lieue de nous tout au plus et que ce passage manqua, soit parce que les ponts furent trop courts, soit, disaient d'autres, par suite d'une crue subite de la Marne. Y eut-il imprévoyance ou fatalité? C'est ce que l'histoire dira.

Quoiqu'il en soit, l'ennemi put voir, des hauteurs de Villiers, ce passage du fleuve avorter, et toute l'armée française, massée dans le voisinage, rester en suspens. Les forts de l'est, par leurs canonnades de la nuit, avaient, du reste, donné l'éveil, et l'Allemand le plus borné put prédire pour le lendemain une attaque sur le plateau de Villiers et Champigny.

Il y avait donc le 29 novembre au soir, arrêt dans toutes les opérations. De toutes les positions enlevées le matin au sud, la Gare-aux-Bœufs seule restait occupée par les marins de l'amiral Pothuau. Allait-on, maintenant que l'éveil était donné à l'ennemi, persister dans l'attaque commencée, ou changerait-on brusquement le point de la sortie nouvelle pendant que de Moltke dirige des renforts sur le plateau de Villiers ? C'est ce que personne ne savait.

Entr'autres exagérations des journaux parisiens de ce jour, je remarquai l'annonce pompeuse de l'occupation du plateau d'Avron, *enlevé* à l'ennemi, disait-on.

Sachant qu'il avait toujours appartenu aux francs-tireurs, qui l'exploraient journellement, qui campaient même sur son sommet, je fus choqué du peu de bonne foi du gouvernement, qui cherchait à faire croire aux crédules Parisiens qu'il y avait eu attaque, puisqu'on l'avait *enlevé*.

Le plateau d'Avron qui, comme l'on sait, s'avance à l'est de Paris, en prolongement des hauteurs de Romainville et de Montreuil, pouvait, occupé par des pièces à longue portée, gêner considérablement la marche des renforts ennemis, en envoyant des obus jusqu'à Chelles et au pont de Gournay-sur-Marne, par où les Prussiens devaient passer s'ils voulaient prêter main-forte aux troupes qui défendraient le plateau de Villiers. Mais on aurait pu le fortifier considérablement en le couvrant de redoutes dès le commencement du siége, au lieu d'attendre, comme on le fit, au dernier moment. Aussi les travaux qu'on y fit furent insuffisants, et dès qu'il plut aux batteries prussiennes établies sur les hauteurs du Raincy et de Montfermeil d'en chasser les Français, ce fut l'affaire d'une seule nuit de bombardement, l'infanterie n'ayant ni abri, ni casemate, pour se garantir des obus prussiens.

CHAPITRE VI.

Une nuit à Rosny. — Canonnade. — Le 30 novembre. — La
bataille commence.

La nuit approchait, et je songeai à me procurer
une couche plus moelleuse que le sol humide et
dur de notre cave. Me rappelant l'endroit où j'avais
trouvé des tiges de pois secs, étant franc-tireur, je
m'y rendis avec Antonin. Mais la grange qui les
contenait avait été vidée complétement. Il nous
fallut ramasser les bribes qui couvraient le plan-
cher, et nous réussîmes à grand'peine à en confectionner deux petits fagots convenables. Lorsque
nous fîmes notre entrée dans notre logis, ayant
à la main une brassée de ces végétaux, nous fûmes
accueillis par un cri d'admiration et d'envie, et tous
les gardes nationaux se précipitèrent à la recherche
de l'utile légumineuse. Mais la plupart revinrent

les mains vides ; d'autres obtinrent de la générosité
des mobiles, quelques poignées de paille, qu'ils
étendirent dans un coin de la cave. Quant à moi
j'avais déjà choisi un endroit charmant, au pied
d'un escalier, et Antonin, approuvant mon choix,
y fit aussi son lit. Nous étions là moins enfumés,
et plus tranquilles. Je ne trouvais qu'un inconvé-
nient dans mon asile, c'est que dans l'obscurité,
on pouvait, en descendant l'escalier trop vivement,
tomber sur nous, ou tout au moins nous marcher
dessus. Mais rien n'est parfait dans ce monde, et
malgré quelques avanies de ce genre, je dormis
quelques heures sur ma couche, en vrai sybarite.

Des rêves agréables vinrent me trouver dans mon
sommeil. J'étais en Suisse, au milieu de ma famille ; toutes les paisibles images de la paix volti-
geaient autour de moi ; j'étais entouré de camarades, avec qui je faisais une course à la montagne ;
cela dura un temps que je ne puis définir ; puis
j'entendis le canon joyeux des fêtes ; c'était l'anni-
versaire du 1er Mars à Neuchâtel ; les pièces étaient
braquées au bord du lac, et le son ne me parvenait
que confusément ; puis tout à coup les artilleurs
par un caprice subit, déplacèrent leurs batteries,
et bientôt j'entendis à côté de moi de bruyantes
décharges. — A ce moment je m'éveillai, et, chas-
sant les fantômes qui m'environnaient, je me re-
trouvai en pleine réalité. Un coup sonore, parti du

fort de Rosny, me fit frissonner. Une seconde suf-
fit pour me rappeler où j'étais ; grelottant de
froid, je me levai et je réveillai Antonin, qui dormait paisiblement.

Pendant que nous cherchions à nous orienter
dans notre réduit, plusieurs coups de canon, partant à des distances plus éloignées, éveillèrent mon
attention, et il me sembla que cette canonnade
inusitée présageait quelque chose de nouveau.

Je sortis avec Antonin et nous trouvâmes toute
notre escouade réveillée aussi et groupée autour
d'un feu ; tous causaient avec une agitation extraordinaire ; seul l'infatigable caporal Marteau s'occupait déjà à chauffer de l'eau pour faire du café. Il
pouvait être deux heures du matin ; je sortis dans
la rue ; l'air était froid, mais le ciel était clair, et les
étoiles scintillaient au ciel ; dans le village un bruit
confus, sortant de toutes les maisons habitées par
les mobiles, indiquait qu'ils étaient debout aussi.

Je constatai alors que la canonnade que j'entendais
partait des forts de Rosny et de Nogent ; la redoute
de la Faisanderie était aussi de la partie et elle
avait ouvert un feu violent sur l'ennemi, dans la
direction de Brie-sur-Marne et de Noisy-le-Grand.
Des coups de canon se faisaient entendre encore
dans d'autres directions, mais il ne me fut pas
possible de déterminer exactement quels étaient les
autres forts qui prenaient part à la lutte.

A ce moment, notre capitaine entra dans notre logis, et je l'y suivis. Il venait nous avertir de nous tenir prêts, l'ordre de départ pouvant arriver d'un instant à l'autre. A cet avertissement, donné cependant d'un ton très calme, tous les gardes se précipitèrent sur leurs fusils, comme si l'ennemi était dans le village, et peu s'en fallut que dans le brouhaha qui suivit, l'eau préparée par Marteau pour le café, et qui était déjà chaude, ne fût renversée. Heureusement cette alerte ou plutôt cet excès de zèle fut bien vite passé, et chacun ne tarda pas à reprendre sa place.

Le capitaine Rétinat profita de la circonstance pour engager mon escouade à rester calme et à exécuter chaque ordre avec sang-froid ; il démontra tous les nombreux embarras qui arrivent dans une affaire sérieuse, lorsque les soldats perdent la tête, et n'écoutent pas leurs officiers.

Je trouvai que notre capitaine raisonnait fort bien, et je souhaitai que son petit discours fût écouté, et surtout suivi, car je prévoyais que si notre bataillon était appelé à marcher à l'ennemi, il serait difficile de conserver dans nos rangs l'ordre et la discipline nécessaires pour se battre, et ne pas s'entretuer les uns les autres. Je ne m'imaginais pas cependant que ce dernier fait pût se produire entre hommes sensés, mais je fus plus tard désabusé.

comme on le verra, lors de la fameuse bataille de
Montretout.

Peu à peu, la canonnade parut se ralentir, et je
n'entendis plus que quelques coups tirés à intervalles réguliers, par les forts de l'est et du sud.
Ce calme relatif nous tranquillisa un peu. Les figu-
res de mes camarades reprirent leur sérénité habi-
tuelle, et leurs mouvements cessèrent d'être sacca-
dés et convulsifs.

On peut dormir parfaitement la nuit qui pré-
cède une bataille, et marcher au combat le lendemain gai et dispos ; mais j'ai remarqué que chaque
fois qu'un homme est réveillé la nuit en sursaut,
surpris par le tonnerre du canon, il a beaucoup de
peine à reprendre son assiette ordinaire. Dans tous
les cas d'alerte nocturne, j'ai presque toujours vu
mes camarades saisis d'un frisson convulsif, et
d'un tremblement nerveux, accompagné quelquefois de claquements de dents, qui s'entrechoquent
avec violence. Ce ne sont point toujours des signes
de peur. C'est la surprise, l'émotion, le froid de la
nuit qui occasionnent ces troubles, dont ceux qui
les ressentent ont honte eux-mêmes, et dont la
nature seule est coupable, la force de la volonté n'y
pouvant rien.

Pendant que le caporal Marteau cherchait à égayer
ses camarades par quelques plaisanteries, tout en
versant à chacun d'eux une portion de café brû-

lant destiné à ragaillardir les estomacs, je discutais avec Antonin les différents cas où notre bataillon pourrait être employé. Nous étions intimement convaincus que jamais un chef supérieur et sensé ne placerait la garde nationale en première ligne. Tout au plus serait-elle mise en soutien, à une distance raisonnable de l'ennemi. On avait dit et répété que ce corps ne valait rien en rase campagne, et, depuis la ridicule équipée du 48e bataillon sur le plateau d'Avron, j'étais parfaitement convaincu de la chose. Mais si les gardes nationaux étaient parfaitement incapables d'attaquer et d'enlever un poste ennemi, ils pouvaient peut-être, une fois ce poste enlevé par d'autres, l'occuper et le conserver en s'y fortifiant par des tranchées et des barricades. Je supposais que là se bornerait notre action, qui ne serait pas exempte de dangers, mais qui nous condamnait à un rôle assez humiliant.

Le garde Grapinet, prétendait, lui, que la garde nationale de marche serait placée en tête, pour montrer l'exemple à la ligne et aux zouaves, et il se réjouissait d'avance, disait-il, d'essayer son *flingot*. (1)

Le garde Richard, jeune homme d'une certaine instruction, mais très timide, appuyait l'assertion de Grapinet dans l'espoir de trouver des contradicteurs, qu'il écoutait avec une véritable satisfaction.

(1) Fusil.

Il préférait visiblement être en ligne de soutien plutôt qu'en ligne d'attaque.

Lorsque j'eus avalé mon café, je résolus de prendre encore un peu de repos, et je regagnai ma paille, ou plutôt mes pois, en priant Marteau, qui n'avait aucune disposition au sommeil, de m'éveiller s'il arrivait « quelque chose.»

Je me réveillai au petit jour, et je prêtai l'oreille. Aucun bruit de guerre ne se faisait entendre. Je gagnai la salle commune, où tout le monde était rassemblé, causant avec animation. L'on me dit que plusieurs bataillons de mobiles venaient de passer, se dirigeant du côté du plateau d'Avron. Je ne vis pas Antonin, et je sortis à sa recherche.

Remontant le village, je pris une petite ruelle que je connaissais bien, et qui aboutissait à la gare de Rosny, au pied est du fort. Devant le spectacle que je vis, j'oubliai le but de ma course, et je contemplai avec ravissement le panorama qui se déroulait sous mes yeux.

La journée promettait d'être splendide. Un léger brouillard voilait encore certaines parties de la plaine, et longeait le cours sinueux de la Marne ; mais le soleil, qui venait de se lever, rouge comme un soleil d'hiver, dissipait peu à peu ces vapeurs, et les crêtes d'Avron et du plateau de Villiers se voyaient déjà, sortant du milieu du brouillard. Dans le fort qui n'était qu'à deux cents pas de moi, l'on entendait un bruit confus, et je voyais, sur le rempart qui bordait les fossés, des marins en faction, qui se promenaient le fusil sur l'épaule. Je distinguais même, à travers les embrasures des canons, les artilleurs qui étaient à leur poste, immobiles près de leurs pièces.

Un instant après, presque tout le brouillard avait disparu, et j'aperçus distinctement le plateau d'Avron, qui me parut couvert de troupes, et flanqué, sur son versant sud, d'une longue tranchée, qui devait protéger une batterie. A ce moment, le fort de Nogent lâcha une bordée, et, comme si c'eût été un signal, immédiatement la redoute de la Faisanderie en fit autant. Puis ce fut le tour du fort de Rosny ; enfin le plateau d'Avron lui-même se couvrit de fumée, et de longues et puissantes détonations ébranlèrent l'air autour de moi. Plus bas encore, sur les bords de la Marne, il me sembla que d'autres canons se mettaient aussi de la partie.

Ce fut alors comme un roulement de tonnerre ; il me parut que chaque fort faisait feu de toutes ses pièces de gros calibre. Par moments, il y avait quelques secondes de silence, pendant lesquelles je distinguais un bruit sourd d'artillerie en marche. Je regagnai alors immédiatement ma compagnie ; quelque chose me disait que la bataille allait commencer.

CHAPITRE VII.

Enthousiasme du 85ᵉ· — Mon bataillon veut aller au feu. —
Sage discours de notre commandant. — Rencontre
de plusieurs éclaireurs.

Je ne m'étais pas trompé ; l'artillerie des forts
de l'est ouvrait un feu si nourri, si continuel, qu'il
n'y avait pas à s'y méprendre. Cette canonnade si
intense devait protéger un mouvement offensif, et
chacun de nous en conclut que le général Ducrot
allait essayer de passer la Marne, tentative qui avait
échoué, on le sait, le jour précédent.

Peu à peu, le soleil monta sur l'horizon. J'étais
impatient de connaître au juste le mouvement qui
s'opérait, et je guettais le moment où je pourrais,
sans être vu, m'échapper avec Antonin, et grimper
sur le plateau d'Avron, d'où l'on devait avoir une
vue d'ensemble magnifique. Mais la crainte que
notre bataillon ne quittât Rosny pendant cette esca-
pade, nous retint, et il fallut nous borner à écou-

ter, et à interroger tous ceux qui prétendaient savoir des nouvelles.

Tout à coup, le bruit se répandit parmi nous, que le général Ducrot passait la Marne avec de nombreuses troupes, et le pétillement d'une fusillade lointaine vint confirmer cette assertion. Prêtant l'oreille, je distinguai nettement des roulements de coups de fusils, suivis parfois du crépitement des mitrailleuses françaises. Puis la voix sonore des canons couvrait par moments la fusillade, qui reprenait un instant après de plus belle.

Nous vîmes alors arriver une file de voitures et d'omnibus, portant des drapeaux d'ambulance, et une nuée d'infirmiers en descendirent. Cette fois, il ne pouvait plus y avoir de doutes. Une action formidable s'engageait de notre côté.

Les infirmiers, pressés de questions de toutes parts, répondaient :

— Oui, c'est aujourd'hui la grande sortie. Hier, c'était le commencement, mais vous verrez aujourd'hui ! Ce soir, peut-être, cent cinquante mille hommes auront franchi les lignes prussiennes, et donné la main à Aurelles de Paladine, qui n'est qu'à six lieues d'ici.

A cette nouvelle, un enthousiasme indescriptible s'empara de mon bataillon. Si les Français sont promptement abattus par un revers, l'espérance d'un succès les relève aussi promptement, et les enflamme d'un nouveau courage ; ce peuple a besoin, comme le dit fort bien Francisque Sarcey, d'être porté par le succès ; s'il survient un arrêt, une résistance sérieuse, le découragement vient bientôt.

Aussi mon bataillon, qui n'aurait pas demandé mieux, un instant auparavant, que de rester tranquillement à Rosny, voulait absolument marcher en avant, et de toutes parts le commandant fut interpellé pour savoir si, oui ou non, on resterait inactif, tandis que les *frères* de la ligne et de la mobile se couvraient de lauriers.

Mais notre commandant militaire, qui avait occupé un grade quelconque dans la garde nationale réactionnaire de 1848, restait calme et impassible, et, le cigare aux lèvres, il laissait tomber, en réponse aux questions et aux sollicitations dont il était entouré, cette phrase qui n'admettait aucune réplique :

— Je n'ai pas d'ordres !

Le major lui-même entreprit de plaider la cause du bataillon.

— Voyons, commandant, lui dit-il, que faisons-nous à Rosny ? Je suis certain que l'on nous y oublie et que le général Clément Thomas ne sait pas où nous sommes. Avançons ou retournons.

— Je n'ai pas d'ordres, major, répondit le commandant. Je ne puis quitter Rosny sans un ordre formel. D'ailleurs, Messieurs, ajouta le commandant en s'adressant aux officiers du bataillon, réunis autour de lui, aucun de vous ne connaît les opérations militaires qui s'exécutent à deux kilomètres à peine d'ici, et vous ne savez pas si nous ne sommes pas ou si nous ne *serons pas,* — et le commandant appuya sur ce mot, — si nous ne serons pas très utiles ici; vous n'avez peut-être pas remarqué que le plateau d'Avron est couvert de canons ! ...— Ici le commandant montra du doigt la batterie est du plateau, ce qui fit sourire les officiers, car les détonations formidables de ces canons nous assourdissaient depuis longtemps, et chacun les avait fort bien remarquées, malgré le doute de notre bon commandant.

— Eh bien, continua-t-il, s'il allait prendre fantaisie aux Prussiens d'essayer une attaque sur le plateau, et d'enlever notre artillerie, croyez-vous que notre présence ici serait inutile ? Ne serions-nous pas à portée de fusil de l'affaire, et prêts à venir en aide à l'infanterie qui campe sur le plateau ? Croyez-moi, soyez prêts à marcher à toute heure, mais ne m'importunez plus de vos demandes.

Les officiers s'inclinèrent devant la sagesse de leur commandant, et la profondeur de ses vues stratégiques. Pour moi, qui écoutais ce discours, j'avoue que j'en éprouvai une mauvaise impression ; l'air doctoral, gourmé, et les considérations militaires du commandant ne me plurent pas.

Je restai toute la matinée sur la route, épiant les nouvelles, et cherchant à découvrir un de mes camarades des Éclaireurs ; mais aucun ne descendit du plateau, et je me contentai d'étudier la carte que j'avais avec moi, et de faire toutes les suppositions imaginables. Je voyais en imagination les troupes françaises enlever à la baïonnette les villages de Brie et de Champigny, puis le plateau de Villiers, et descendre au sud par Chennevières, Ormesson et Noiseau, donnant la main à l'armée de Vinoy, qui, je le supposais, avait occupé Mesly et la butte de Montmesly, et s'avancerait par Bonneuil et Sucy en Brie. Le temps était si clair que l'on devait apercevoir le combat de très loin, et je ne résistais qu'avec peine au désir de m'échapper un instant pour aller juger par moi-même de la bataille engagée.

J'étais à peu près sûr que mon bataillon conserverait son attitude passive, mais enfin il y avait une chance, et je n'osais pas la risquer, malgré les instances d'Antonin, qui voulait absolument que je l'accompagnasse sur le plateau d'Avron.

J'étais là, indécis, embarrassé, lorsqu'enfin j'entrevis, à quelque distance, la silhouette d'un Éclaireur, puis de deux, puis de trois ; puis enfin six de nos anciens camarades apparurent, suivant la rue qui passait devant notre logis. Les bidons et les toiles de tente qu'ils portaient nous indiquaient clairement qu'ils allaient en corvée de vivres au fort de Rosny, mais je fus surpris de ne pas voir avec eux de sous-officier. Lorsqu'ils furent arrivés à quelques pas de moi, je reconnus dans l'un de ces francs-tireurs l'honnête Seurot, notre ancien cuisinier de la première escouade. C'était toujours le même joyeux garçon.

— Tu dois avoir de la peine à faire ta cuisine là-haut, Seurot? lui dis-je, après avoir échangé une cordiale poignée de main.

— Ah! ne m'en parle pas, me répondit Seurot, en soupirant. C'est une vraie misère. Pas de bois, pas d'eau. Il faut courir en chercher à Villemonble, au risque de se faire flanquer une balle dans le .... dos par ces satanés Prussiens, que le diable emporte! Puis, on nous diminue nos rations de viande, de biscuit, de pain.

— Il n'y a donc plus de corbeaux, ni de lapins, ni de choux-fleurs? lui demandai-je en riant.

Ici Antonin eut une réminiscence gastronomique.

— Te rappelles-tu, Seurot, ces bons choux-fleurs et ces petits choux-de-Bruxelles, en sauce? Diable! que c'était bon!

Seurot sourit complaisamment, mais d'un sourire modeste, sans aucune nuance d'orgueil. Puis, tous ces souvenirs réveillés en lui l'attristèrent, il leva les yeux au ciel, se gratta l'oreille, et finit par pousser un profond soupir.

— Et pourquoi n'avez-vous pas avec vous de sous-officier, demandai-je à Seurot pour le distraire de ses pénibles idées?

— Mais sans doute que nous en avons un, du moins en partant. Mais, continua Seurot, charmé de décharger sur quelqu'un l'amertume dont son cœur était rempli, ce sergent Hefter reste toujours en arrière. C'est une vraie femme, bavard, blagueur, s'arrêtant partout pour causer. Il n'a jamais fini avec ses petits verres et ses cigarettes, et probablement nous arriverons au fort ... Tiens, le voilà, eh bien, ça m'étonne !

Cette brusque interruption de Seurot dans ses plaintes était en effet causée par l'apparition du sergent Hefter au coin de la rue. Il arrivait, marchant à grands pas, sa carabine en bandoulière, et son inséparable révolver passé à sa ceinture. Il n'avait pu se vêtir comme ses camarades, et portait maintenant, en guise de manteau, une couverture doublée en rouge, ce qui lui donnait une tournure pittoresque et originale, et qui le faisait remarquer de tout le monde ; c'était justement ce qu'Hefter demandait.

— Eh bien, George, me dit-t-il en m'apercevant, que dis-tu de notre artillerie ? As-tu vu jusqu'où vont nos obus ?

— Vos obus ? Non, je n'ai rien vu.

— Eh bien, il te faudra voir. Il y en a qui éclatent, et qu'on voit parfaitement éclater à Gourmay ; d'autres, dirigés plus à gauche, vont jusqu'à Chelles. Les Allemands ne s'attendaient pas à celle-là.

— Que voit-on du côté de la Marne ? lui demandai-je.

— Rien, ou pas grand chose, me répondit Hefter. Tu vois des lignes de fumée le long des routes, ou le long des haies, des murs. Ces lignes avancent, reculent, selon que la chaîne de tirailleurs gagne ou perd du terrain. Jusqu'à présent, nous avançons, et les villages de Brie et de Champigny doivent être pris. Les Prussiens n'ont pas l'air de faire grande résistance. Seulement une chose m'étonne. Leurs batteries du Raincy et de Montfermeil ne nous répondent pas, et pourtant elles pourraient vite nous réduire au silence si elles le voulaient.

Ce fait était assez singulier, en effet, et j'en éprouvai la même surprise qu'Hefter.

Il me fit ensuite promettre solennellement de *tâcher* d'aller lui rendre visite dans l'après-midi, voulant, dit-il, m'expliquer les divers incidents de la bataille, et me montrer la pièce qui avait la plus longue portée. Je le priai de me donner des nouvelles, s'il en avait, en revenant du fort, ce qu'il me promit. Puis, il me quitta, et rejoignit ses hommes, qui paraissaient impatients d'avoir leurs rations de vin et de viande, si maigres qu'elles fussent.

Pour moi, je rentrai dans la cave où se trouvait mon escouade, cave maintenant décorée d'un écriteau pendu au-dessus de la porte, avec ces mots en grosses lettres : *Salon de la 1re escouade de la 2me compagnie.* La soupe était prête, et je mangeai ma part de fort bon appétit.

CHAPITRE VIII.

Renseignements de Hefter. — Je vais avec lui sur le plateau d'Avron. — Vue de la bataille. — Je reviens à Rosny. — Nous buvons au succès des armes françaises. — Le soir de la bataille. — Les blessés pendant une nuit d'hiver. — Résumé de la journée du 30 novembre.

J'avais à peine achevé ma soupe, que je vis apparaître, sur le seuil de la porte, le sergent Hefter; il avait recueilli quelques renseignements, et il tenait sa promesse. Je me hâtai de le rejoindre, et j'appris par lui les dernières nouvelles arrivées du champ de bataille, nouvelles qu'il venait d'apprendre au fort de Rosny. Les troupes françaises étaient maîtresses du village de Champigny, et elles allaient marcher à l'attaque des hauteurs de Villiers, où l'ennemi paraissait concentrer tous ses moyens de défense. Un marin du fort avait dit en outre à Hefter qu'on voyait dans le lointain de grandes colonnes de troupes prussiennes, et que les obus français *tapaient dans le tas*. On avait vu passer aussi les premiers blessés français, et les premiers prisonniers ennemis, qui répétaient tout le long de la route: Pas Prussiens! nous Saxons!

Après qu'Hefter m'eut raconté tout ce qu'il savait, dans le style énergique et coloré qui lui était habituel, il m'engagea à l'accompagner jusque sur le plateau. Il appela Antonin, qui ne demandait pas mieux, et ils parvinrent facilement à vaincre mon dernier scrupule.

Pour ne pas éveiller l'attention, nous traversâmes le village d'un pas lent et mesuré, nous arrêtant par instants, en promeneurs qui ne se soucient guère d'aller plus loin. Puis, arrivés à la dernière maison, et n'apercevant personne, nous gagnâmes rapidement, à travers champs, les premières pentes du plateau d'Avron.

Passant à travers de petits vergers et des vignes, nous parvînmes bientôt au sommet; nous étions sur la prairie appelée la *Grande Pelouse*, et je reremarquai, non loin des premières maisonnettes d'Avron, les tentes des soldats qui campaient derrière les batteries.

Nous arrivâmes sur le bord sud-est du plateau, et, je considérai avec une vive curiosité le panorama étendu et mouvant que j'avais à mes pieds. Le long de la Marne, qui coulait bleue et tranquille, j'aperçus une quantité de troupes, se préparant à passer sur des ponts de bateaux, qui traversaient le

fleuve en plusieurs endroits. Dans la direction du
sud, des lignes de fumée, ondulant comme de longs
serpents, s'avançaient à mi-côte du plateau de Villiers. Par instants, un obus éclatait dans ces lignes,
qui n'en continuaient pas moins d'avancer. Le fort
de Nogent et la redoute de la Faisanderie tiraient
toujours, et leurs projectiles me parurent dirigés
sur le plateau de Villiers.

J'avais devant les yeux une véritable bataille.
Lignes de tirailleurs, décharges d'artillerie de campagne, feu violent des forts, tout indiquait un
engagement considérable. Et cependant ce spectacle
me laissa plus froid, et m'émut beaucoup moins
que je ne l'aurais cru. Je savais que les champs
que traversaient les lignes de fumée, se couvraient
de blessés et de mourants, mais je ne les voyais pas,
malgré la transparence de l'air en ce moment.

Après que le sergent Hefter m'eut indiqué du
doigt les villages de Neuilly-sur-Marne, de Brie, et
plus loin celui de Champigny, je le suivis près
de la batterie voisine, dont les pièces étaient braquées au sud-est, et tiraient à de courts intervalles.
Je ne pus en approcher d'assez près pour en
examiner toutes les parties, mais j'en vis assez
pour me convaincre que cette batterie était de huit
canons, dont deux de marine, et deux autres de
sept, nouvellement fondus à Paris.

Malgré l'intérêt profond qui nous retenait sur ce

plateau, nous n'osâmes pas, Antonin et moi, y séjourner trop longtemps, de peur d'y faire une mauvaise rencontre. Nous avions déjà remarqué que certains soldats nous regardaient d'un air soupçonneux, trouvant sans doute étranges et nouvelles nos capotes bleu de ciel ; notre bataillon était en effet le seul qui eût des capotes de cette couleur, et je craignis que ce vêtement ne nous trahît et ne nous occasionnât des désagréments. Aussi, prenant congé d'Hefter, sans vouloir, ce jour-là, pousser plus loin, et visiter, comme il l'aurait voulu, nos anciens compagnons d'armes, nous redescendîmes le plateau, et nous rentrâmes furtivement dans le village, où heureusement notre absence avait passé inaperçue.

— Ah ! voilà les deux inséparables, s'écria le caporal Marteau, en nous voyant apparaître sur le seuil du *Salon*. Eh bien ! Messieurs les ex-francstireurs, savez-vous la nouvelle ?

— Non, répondis-je.

— Il paraît que nous venons de franchir les lignes ennemies, et qu'il y a déjà plusieurs milliers de Prussiens de démolis ! Aussi nous allons fêter la victoire. Si vous voulez mettre les deux chacun cinq sous, vous aurez droit, comme les *camaraux*, à trinquer avec nous. Je viens d'envoyer chercher quelques litres chez la cantinière, et d'inviter en même temps le lieutenant Herbelin, qui est en train de lui faire la cour, comme d'ordinaire.

Nous donnâmes chacun vingt-cinq centimes, et quelques instants après, nous buvions tous ensemble au succès des armes de la République, pendant que le bruit du canon, et d'une fusillade qui s'éloignait de plus en plus, nous annonçait que la mort n'avait pas cessé de promener sa faux homicide dans les rangs amis et ennemis.

Vers les quatre heures, un bataillon de mobiles, de la Côte-d'Or, je crois, quitta Rosny, se dirigeant du côté de l'action. Je vis passer ces braves Bourguignons, la tête haute et l'air décidé, et je sus plus tard qu'ils avaient bravement combattu le même soir, côte à côte avec la ligne, et les *Amis de la France,* corps de francs-tireurs, composés d'étrangers de différentes nations, belges et américains principalement.

A 6 heures du soir, la canonnade se ralentit, puis cessa tout-à-fait, et nous en conclûmes que le combat était suspendu de part et d'autre. Nous attendîmes des nouvelles avec anxiété. Mais il était bien difficile de se faire une idée exacte des avantages remportés par les Français pendant la journée, d'après les différents bruits qui étaient colportés parmi nous. Chaque nouvel arrivant se disait naturellement mieux informé que les autres, et nous débitait une version peu conforme à la précédente.

En général, chacun de ces récits était entaché d'une telle exagération, que je ne savais trop que croire. Mes camarades, eux, étaient convaincus que la fameuse trouée était faite, et regrettaient de ne pas être du nombre des combattants.

Mais, ce que je sus dès ce soir-là, très-positivement, c'est que la lutte avait été sanglante, et quoique un grand nombre de blessés fût dirigé sur Paris par Vincennes, ceux que je vis passer étaient encore assez nombreux pour me donner une idée de l'acharnement de la lutte.

La lune se leva, et son croissant pâle et argenté vint éclairer le champ de bataille. La nuit allait être bien froide, il gèlerait peut-être. Tous les blessés seraient-ils relevés? N'en oublierait-on point le long des chemins, dans les buissons, et les grandes herbes? Ces images douloureuses vinrent plusieurs fois passer devant mes yeux, et lorsque, frissonnant de froid, quoique bien enveloppé dans ma longue capote, je rentrai dans mon logis, je souhaitai ardemment qu'aucun malheureux ne demeurât exposé cette nuit-là, sans secours. Cette nuit d'hiver, froide, glacée, serait fatale à tous ceux qui ne seraient pas secourus promptement. Le grand nombre d'infirmiers et de brancardiers que j'avais vus, me rassurait, et, en y réfléchisant, il me semblait qu'il était impossible qu'à trois lieues à peine de Paris, il pût

périr des blessés, faute de soins, sur un champ de
bataille.

Combien je m'abusais cependant ; et combien de
malheureux, qui n'avaient que des blessures lé-
gères, succombèrent faute de soins, soit par la perte
de leur sang, soit par le froid de la nuit ! Que de
lentes et douloureuses agonies ! Quelles souffrances
atroces, souffrances morales autant que physiques,
un blessé ne doit-il pas éprouver, surtout lorsqu'il
sent que sa blessure n'est que légère, et que pourtant, faute d'être secouru, il doit mourir !

Eh bien ! je sus quelques jours après, d'une
manière certaine, que bien des malheureux soldats
succombèrent ainsi. Je n'ose citer le chiffre qu'on
m'indiqua comme étant celui des pauvres victimes
qui furent laissées entre Brie-sur-Marne et les hauteurs du plateau de Villiers, et qui *gelèrent* pendant
la nuit, nuit de délire et d'enthousiasme pour les
Parisiens, qui croyaient déjà la victoire assurée,
et qui avaient bien autre chose à faire que de s'inquiéter de leurs compatriotes restés sur le champ
de bataille !

Je dormis peu cette nuit-là. Des visions lugubres
vinrent agiter mon sommeil. Si j'avais su qu'à une
lieue de moi tout au plus, des centaines de blessés
râlaient, au clair de lune, mes rêves n'auraient
pu être plus tristes.

Voici le résumé militaire de cette journée du 30 novembre. — Les troupes, après avoir franchi la Marne, et occupé Brie-sur-Marne et Champigny, gravirent les pentes du plateau de Villiers, et s'emparèrent des premières crêtes.

Malgré un feu meurtrier, les zouaves délogèrent l'ennemi de ses positions du bord du plateau, et lui prirent deux canons. Le général Ducrot fit preuve, plusieurs fois, dans cette journée, d'une audacieuse témérité, et plusieurs officiers supérieurs furent tués ou blessés. Les généraux Renault et la Charrière, grièvement atteints, succombèrent quelques jours plus tard.

Au sud, le combat s'engagea devant la butte de Montmesly, mais les troupes prussiennes en restèrent maîtresses, et rejetèrent les Français sur Creteil. Au nord, une petite diversion fut faite en avant de Drancy, et on enleva à la baïonnette le village d'Épinay. C'était donc, somme toute, une belle journée, et chacun pouvait bien augurer de celle du lendemain. Le temps promettait d'être beau, les routes étaient excellentes pour l'artillerie ; tout était favorable aux Français.

CHAPITRE IX.

Le 1ᵉʳ décembre. — Armistice. — Le 2 décembre. — Reprise des hostilités. — Les blessés, la soupe et les biscuits. — Arvée à Rosny d'un bataillon de la garde nationale. — La journée du 2.

Malgré les deux nuits assez agitées que je venais de passer, je me trouvai éveillé et dispos lorsque le jour parut. C'était le 1ᵉʳ décembre. Une chose qui me frappa de suite, ce fut le calme relatif des environs. Le fort de Rosny se taisait, ainsi que les canons du plateau d'Avron. De loin en loin, quelques coups éloignés se faisaient entendre, sans que je pusse savoir d'où ils étaient envoyés.

J'étais de corvée pour la cuisine ce jour-là, et, tout en aidant au caporal Marteau à préparer le café et la soupe, j'appris qu'un armistice de vingt-quatre heures venait d'être signé, afin de permettre un enlèvement plus facile des *blessés* et des morts. Des blessés ! Comme si, après cette nuit glaciale, il pouvait y avoir encore des blessés ! Hélas non ! il n'y avait plus que des cadavres raidis par la gelée.

La nouvelle de cet armistice refroidit singulièrement l'enthousiasme de mes camarades. Tous comprenaient que, abstraction faite du but humanitaire qui pouvait le rendre nécessaire, cet armistice était surtout favorable aux Prussiens, qui, s'ils ne l'avaient pas fait déjà, avaient maintenant toute la latitude nécessaire pour réunir des forces écrasantes sur les points menacés.

Et puis chacun s'étonnait à juste titre qu'il y eût besoin d'une suspension d'armes de 24 heures pour emporter les morts qui restaient encore aux avant-postes. L'organisation des ambulances était si puissante, si complète, il y avait une telle quantité d'infirmiers, d'ambulanciers, de brancardiers, de fiacres et d'omnibus aux couleurs internationales, croix rouge sur fond blanc, que chacun se demandait à quoi tout ce personnel avait passé son temps le jour précédent. Les *petits bateaux* (1) avaient aussi été réquisitionnés pour le service des ambulances, et ils avaient dû être d'un grand secours.

Quant à moi, je me demandais et je demanderai toujours comment il a pu se faire que des centaines de blessés aient été abandonnés sans soins sur le champ de bataille, une fois les hostilités finies, dans le

(1) Petits bateaux à vapeur sur la Seine.

voisinage d'une ville de deux millions d'habitants,
alors que chaque soldat blessé eût pu avoir, si on
l'eût voulu, dix ou vingt ambulanciers pour le
transporter, le panser et le soigner. Certes jamais
l'incurie n'a été poussée si loin.

La journée se passa, triste et monotone. Dans
l'après-midi, une quantité de bataillons de marche
de la garde nationale arrivèrent de Paris, et, lon-
geant le fort de Rosny, se dirigèrent du côté de
celui de Nogent. D'autres venaient depuis Vincennes, et campèrent près de la redoute de la Faisanderie. Les hostilités devaient donc recommencer une fois l'armistice expiré.

Vers le soir, des mouvements de troupes impor-
tants s'opérèrent autour de nous, et je ne doutai
plus qu'une attaque vigoureuse n'eût lieu le lendemain de bonne heure.

La nuit fut tranquille; des patrouilles parcouraient le village, et notre bataillon dut fournir quelques hommes de garde. L'artillerie des forts resta
muette.

Je fus réveillé au point du jour par une canonnade formidable. Les feux roulants d'artillerie, de
mousqueterie, se suivaient sans interruption, entre-
mêlés de temps en temps par le sinistre crépitement des mitrailleuses. L'attaque devait être d'une

extrême violence, et nous nous attendions à chaque instant à faire partie des colonnes de troupes qui se dirigeaient sur le théâtre de la lutte. La plupart de mes camarades étaient passablement émus, et presque tous se préparaient au départ, visitant leur fusil, et bourrant leur cartouchière, comme d'habitude, de façon à les gêner véritablement pendant la marche.

Il y avait déjà plus d'une heure que le canon se faisait entendre, et aucun ordre n'était parvenu à nos chefs. Le commandant répétait seulement à tout venant : « Tenez-vous prêts ! »

Je remarquai que le plateau d'Avron surtout tirait avec une grande énergie. Toutes les minutes une ligne de fumée couronnait ses crêtes du côté de l'est, et quelques secondes après, j'entendais les coups de plusieurs pièces éclater presque à la fois.

Il nous fallut passer de longues heures, prêts à partir, dans une fiévreuse attente, qui ne laissait pas que d'être très pénible. Je n'aurais pas voulu plus qu'un autre, laisser mes os sur le champ de bataille, mais j'aurais été ravi de voir mon bataillon se porter en avant, pour observer de plus près le combat dont le bruit seul parvenait jusqu'à nous.

Bientôt quelques blessés furent signalés ; et je gravis le chemin qui mène au fort pour les voir passer. Il y en avait déjà une quantité, et ceux que je vis n'étaient pas les premiers. C'étaient, pour la plupart, des soldats de ligne et des zouaves; très peu de mobiles; j'en conclus que la ligne seule avait attaqué ce matin; tous ces blessés, qui avaient déjà subi un pansement provisoire, étaient dirigés sur Paris, où de meilleurs soins les attendaient. Leurs blessures, en général, n'étaient pas graves; l'un d'eux, un zouave, placé dans un omnibus de la Compagnie générale, réquisitionné pour le service des ambulances, s'écria, en s'adressant au groupe de curieux dont je faisais partie:

— Courage! les amis! ça va bien là-bas! Nous avons été surpris d'abord, mais nous regagnons le terrain!

Mes voisins remercièrent le soldat de son renseignement, et s'écrièrent:

— Vivent les zouaves! vive l'armée!

Pour moi, je redescendis à Rosny, en réfléchissant aux paroles du zouave, auxquelles, je l'avoue, j'avais de la peine à ajouter foi. Comment, en effet, admettre que l'armée française, qui devait, ce matin, attaquer de nouveau l'ennemi dans ses retranchements, eût pu laisser renverser les rôles, et être attaquée et *surprise* dans les siens. C'était, on l'avouera, à peine croyable.

Eh bien! le zouave avait raison. Ce ne fut que le lendemain que j'eus des détails exacts sur le combat du 2 décembre, et que j'appris que, une fois

de plus, l'armée française s'était laissé surprendre ;
les rapports officiels et militaires gardèrent un silence prudent sur les causes qui avaient amené
cette surprise, et l'on passa outre.

Voyant que, comme les jours précédents, notre
bataillon resterait tranquillement à Rosny, nous
nous décidâmes à faire la soupe, car la faim et
l'ennui avaient fini par nous faire presque oublier
la bataille ; l'homme s'habitue promptement au
bruit du canon, même lorsque ce bruit est produit
par plusieurs centaines de pièces de fort calibre.

Il était environ dix heures et demie du matin
lorsque notre escouade, groupée autour d'une
grande gamelle, prit son premier repas. Il était
composé d'une espèce d'eau chaude, dans laquelle
avaient cuit quelques morceaux de lard salé, eau
chaude que nous décorions du nom de *soupe*. Puis
venait le grand et unique plat de résistance : du riz,
accompagné du lard salé mentionné plus haut.

Heureusement le pain et les biscuits ne manquaient pas. Le pain était bien un peu noir, mais
il était bien fait et avait bon goût. Les biscuits
étaient petits, carrés, portant le mot de *Brest* sur
chaque face, et fabriqués avec une pâte supérieure
à celle qui avait servi à la confection des biscuits
de la garde mobile, qui étaient plus grands, gros-
siers, bruns, presque noirs. Pour manger un de

nos biscuits, il fallait commencer par en abattre les
quatre coins; puis, on le trempait quelque temps
dans de l'eau, ou du café, ou de l'eau-de-vie; on le
plaçait ensuite sur des braises, ou sur un réchaud;
au bout de quelques minutes, le biscuit s'épaissis-
sait, se gonflait, et devenait tendre et agréable à
manger. Je parle de notre biscuit de Brest. Quant
aux autres, j'avoue que je ne leur ai jamais trouvé bon goût.

Comme nous «sortions de table» généralement
ayant encore faim, chacun de nous se préparait
ainsi un de ces biscuits, et c'est en grignottant le
mien, en guise de dessert, que je me trouvai sur la
rue, devant notre maison, juste à point pour assis-
ter au défilé d'un bataillon de la garde nationale,
qui venait se loger aussi dans le village. Ce bataillon venait de Paris, et avait véritablement piètre
figure. La plupart de ses hommes étaient fatigués;
quelques-uns se plaignaient de leur mauvaise
chaussure; beaucoup mouraient de faim et de soif;
d'autres avaient tout-à-fait l'air malade. C'était un
bataillon du IIe arrondissement, je crois. Ces pauvres bourgeois de Paris n'étaient réellement pas faits
pour des expéditions militaires, pour les longues
marches et les privations.

Aussi lorsqu'ils eurent fait halte, et qu'il leur
fallut s'occuper de trouver un asile dans les maisons de Rosny, ce ne fut pas chose facile. Ils

commencèrent d'abord par se restaurer convenablement ; puis, courbés sous le poids de leurs sacs et de leurs fusils, l'échine creusée par leur cartouchière, ils se mirent en quête d'un logement. Heureusement pour eux, un bataillon de mobiles, parti dans la matinée, avait laissé de la place, et ils purent, après de longs pourparlers avec les paysans, se trouver tous un gîte pour la nuit.

Comme ces pauvres diables étaient mal à leur aise ! Ils étaient tellement habitués, pour la plupart, à se faire servir, qu'ils ne savaient comment se tirer d'affaire. Lorsqu'ils voulurent faire du feu, de la soupe, ce fut une rude corvée. Je vois toujours un d'entre eux, un jeune homme, qui avait conservé jusque sous l'uniforme ses manières et ses affectations de petit crevé, et qui rougissait comme une jeune fille d'avoir à porter dans la rue un bidon d'eau pour ses camarades.

Vers 4 heures, le bruit du canon s'apaisa peu à peu, et à cinq heures, tous les forts de l'est gardèrent un silence complet. Nous étions tous impatients de connaître le résultat de la journée, mais nous n'eûmes que de vagues renseignements. Ce ne fut que le lendemain matin que j'eus des détails par les petits journaux. Le gouverneur de Paris disait, dans une dépêche télégraphique : « Dure, mais très belle journée, d'un effet moral bien plus

7

décisif que la première. Attaqués et *un peu surpris* à la pointe du jour par une agglomération considérable de troupes, nous avons dû combattre trois heures pour conserver nos positions et cinq heures pour prendre celles de l'ennemi, où nous couchons. »

Ainsi, il y avait encore avantage de notre côté ; les positions ennemies avaient été enlevées, selon le général Trochu. Quelles étaient ces positions ? Probablement Villiers-sur-Marne. Il n'y avait pas d'autres détails, et il nous fallut bien attendre.

Il y eut ce soir-là bien du bruit dans Rosny. Un bataillon de soldats de ligne arriva, et campa dans le bas du village. Ces soldats paraissaient fatigués et abattus ; ils venaient du champ de bataille, me dit l'un d'eux. Je recueillis quelques renseignements sur le combat du 30 novembre, puis fatigué aussi, j'allai prendre un peu de repos sur mon lit habituel.

CHAPITRE X.

Le matin du 3 décembre. — Nous reprenons le chemin de Paris. — Entrée triomphale. — Nous sommes licenciés. —
Rapport militaire. — Commentaires. — L'ensevelissement
des cadavres aux avant-postes.

Je fus réveillé en sursaut avant six heures du matin par le bruit d'une vive fusillade, accompagnée
de la voix sonore du canon. Jamais encore je n'avais
entendu une fusillade aussi nourrie, aussi intense.
D'un bond je fus dans la rue, où j'écoutai quelque
temps avec attention le bruit de ce nouveau combat. Il me semblait parfois que les feux de peloton
se rapprochaient, au lieu de s'éloigner. Le fort de
Nogent et la redoute de la Faisanderie tiraient à
toutes volées sur les positions ennemies. Ne pouvant voir ce qui se passait, je rentrai, obligé, comme
toujours, de contenir mon impatience et d'attendre
tranquillement des nouvelles.

Au bout de deux heures, la canonnade se ralentit ;
les coups de fusils devinrent plus rares ; il sem-

blait que l'action tirait à sa fin ; mon escouade fit, comme de coutume, les apprêts du dîner, et chacun s'y aida de son mieux.

J'étais occupé à éplucher gravement un oignon gelé trouvé dans un champ, oignon qui était censé donner quelque goût à notre soupe, lorsque notre sergent-major entra comme une bombe dans notre cave, en s'écriant :

— Allons ! debout ! nous partons dans une demi-heure ! Dépêchez-vous de vous préparer !

A ces paroles, il y eut un premier moment de confusion ; chacun se précipitait sur son fusil. On bouclait son sac, ses guêtres, on enroulait sa couverture ; on criait, on tempêtait, on se gênait mutuellement. Heureusement le caporal Marteau survint en ce moment, et en voyant ce désordre, que j'examinais tranquillement de ma place, il s'écria :

— Ah ça, êtes-vous fous ! Qu'est-ce qui vous prend ? J'espère bien que nous mangerons notre soupe avant de partir ! D'ailleurs nous allons à Paris, et nous avons tout le temps !

— A Paris ! on retourne à Paris ? demandèrent tous ensemble mes camarades au comble de la stupéfaction.

— Oui, nous retournons à Paris, répéta Marteau. Je crois que je me suis exprimé assez clairement. Et, pour être franc, je vous avoue que ça ne m'attriste pas du tout.

— Moi non plus, je ne le cache pas, ajouta Richard.

— Oui, mais la sortie? demanda Grapinet.

— Eh bien! la sortie, il paraît qu'elle est manquée pour cette fois. Tout ce que je sais, c'est que nous rentrons, et tous les bataillons de la garde nationale avec nous.

Ce que nous annonçait Marteau était vrai. Notre bataillon avait reçu l'ordre de rentrer dans ses foyers, et le départ était fixé pour midi. Nous nous mîmes tous en mesure de partir, on mangea la soupe à la hâte, et à midi, nous prenions congé de notre vieux réduit, toujours sombre et enfumé, et, le fusil sur l'épaule, nos couvertures en bandoulière, nous allâmes nous grouper près de l'église, où le bataillon devait se réunir.

Nous nous perdions en conjectures sur les causes qui avaient amené la rentrée des troupes dans Paris. Etait-on battu? Ou bien l'attaque devait-elle changer de direction? Personne ne pouvait nous renseigner à ce sujet.

Seulement nous apprîmes, une fois sur les rangs, que l'armée de Ducrot repassait la Marne, pour se reformer plus loin, et recommencer bientôt, disait-on, une nouvelle attaque. J'en conclus que le combat que j'avais entendu le matin, avait été désastreux pour l'armée française, puisqu'on abandonnait ainsi les positions si chèrement conquises, et arrosées de tant de sang.

Ce fut, je l'avoue, avec un véritable plaisir que je quittai Rosny. Notre inaction forcée, l'inquiétude qu'éveillait en nous tous ces bruits de combats si rapprochés, auxquels nous pouvions être appelés à prendre part d'un moment à l'autre, nous obligeait à être continuellement sur nos gardes, sans oser nous écarter un peu du village, et forcés d'attendre tranquillement les résultats de la lutte. C'était pour moi une position intolérable, et je repris la route de Paris avec un véritable soulagement.

Nous fîmes une entrée triomphale dans notre quartier. Débouchant sur la place Saint-Sulpice par la rue Bonaparte, clairons en tête, notre bataillon avait pris soudain un air tout-à-fait martial. Il semblait que nous revenions en vainqueurs. Au moins, nous n'avions fait aucune promesse, et nous n'éprouvâmes pas l'embarras que dut éprouver sans doute le général Ducrot, qui, malgré sa conduite courageuse le 30 novembre et le 2 décembre, attestée par tous les soldats qui prirent part à l'action, revenait vivant et vaincu, au lieu de revenir vainqueur ou mort.

Le bataillon arrivé sur la place, se forma en carré, et notre commandant nous adressa un petit discours, dans lequel il nous félicita de notre bonne tenue, et de notre louable discipline ; il ajouta qu'il était persuadé que si nous avions dû aller au feu, nous aurions fait honneur à la garde nationale. — « Nous allons probablement nous séparer pour quelques jours, ajouta notre commandant pour terminer, mais j'espère que nous nous retrouverons tous prochainement, animés du même esprit, et que chaque garde a d'avance fait le sacrifice de sa vie pour la conservation de la patrie, l'honneur de Paris et de notre belle France. »

— Vive la République ! vive le commandant, cria tout d'une voix le bataillon.

Les sergents-majors firent un appel nominal, puis nous fûmes licenciés.

———————

Je laisse à penser quel fut l'ébahissement des Parisiens, lorsqu'ils apprirent ce qui se passait du côté de Champigny. Lorsque, interrogé, je racontai dans mon hôtel ce que j'avais vu et entendu, et que j'annonçai la rentrée des troupes de Ducrot, on eut quelque peine à me croire. On s'imaginait déjà, et le bruit en était général, que l'armée française avait enfoncé les lignes ennemies, et marchait à grands pas à la rencontre des armées de province.

Mais il fallut bien se rendre à l'évidence lorsqu'on vit paraître les proclamations militaires et les rapports officiels. Il est curieux de voir comment ceux-ci s'y prirent pour annoncer la retraite ; le rapport militaire du 4 décembre est un modèle du genre ; ce morceau vaut vraiment la peine d'être cité ; on y verra comment on cherchait à donner le change aux Parisiens sur le véritable état des choses, et comment on flattait sans pudeur la population parisienne :

Rapport militaire.

4 décembre 1870.

Les pertes de l'ennemi ont été *tellement considérables* pendant les glorieuses journées des 29, 30 novembre et 2 décembre, que pour la première fois, depuis le commencement de la campagne, frappé dans sa puissance et dans son orgueil, il a *laissé passer* une rivière en sa présence, en plein jour, à une armée qu'il avait attaquée la veille avec tant de violence.

On ne saurait trop insister sur ce fait unique dans la guerre de 1870, car il consacre les efforts faits par une armée qui *n'existait pas* (1) il y a deux mois. Il faut en chercher la cause dans le patriotisme des éléments qui la composent et dans la force que la population de Paris a, par son attitude, inspirée à tous les défenseurs de la capitale.

(1) Ceci est terriblement exagéré. Les 50,000 hommes qui se sont battus à Champigny, et non 150,000, comme l'annonçait le général Ducrot, faisaient presque tous partie de l'ancien corps d'armée de Vinoy, rentré dans Paris sans avoir combattu, peu de temps après le désastre de Sedan. Ainsi il est inexact de dire que cette armée « n'existait pas il y a deux mois. » Tous les régiments de ligne étaient parfaitement organisés. Il est vrai que sur les 50,000 hommes entrés en ligne à Champigny, il y avait quelques bataillons de mobiles de la Vendée, de la Bretagne et de la Côte d'Or, mais on avait eu trois longs mois pour les organiser.

L'armée, réunie en ce moment à l'abri de toute atteinte, puise de nouvelles forces dans un court repos, qu'elle était en droit d'attendre de ses chefs après de si rudes combats. Il y a des cadres à remplacer, et c'est avec la plus grande activité que l'on procède au remaniement de certaines parties de son organisation.

Le gouverneur est resté à la tête des troupes, et il pourvoit par lui-même à tous les besoins signalés.

Je ne cite pas les exagérations de ce rapport, qui constate ensuite que l'ennemi n'a pas osé poursuivre l'armée jusqu'à la Marne, sous la gueule des forts et des redoutes françaises. Je remarquerai cependant qu'il y est question des pertes considérables de l'ennemi, mais l'on ne parle pas des pertes subies par l'armée française, qui s'élevaient à plus de 6000 tués ou blessés, dont un quinzième d'officiers.

De même, le rapport militaire du 5 décembre nous apprend que le nombre des prisonniers ennemis est de plus de huit cents, mais il garde le plus profond silence sur les douze cents hommes faits prisonniers à Champigny dans la brusque attaque du matin du 2 décembre. Ce n'est que plus tard que la population parisienne put apprendre peu à peu les détails qu'on cherchait à lui cacher.

Pendant les quelques jours qui suivirent notre entrée à Paris, je lus avec avidité tous les journaux que je pus me procurer et j'appris encore bien des tristes détails. — La surprise des troupes françaises le 2 décembre avait été plus complète qu'on n'avait voulu l'avouer. Le « *un peu surpris* » du gouverneur Trochu était trop modeste. L'attaque des Prussiens avait été, au contraire, si brusque et si peu attendue, qu'un bataillon entier du 42e fut enveloppé et fait prisonnier. Un bataillon de mobiles d'Ille-et-Vilaine fut décimé, avant qu'il eût eu le temps de se mettre en ligne de combat, et des officiers supérieurs furent tués au moment où ils sortaient des maisons de Champigny, où ils avaient passé la nuit. Les troupes françaises ne purent rétablir la lutte que grâce aux canons des forts, des redoutes et du plateau d'Avron, qui arrêtèrent l'ennemi par une pluie d'obus.

J'ai déjà parlé des nombreux morts et blessés laissés aux avant-postes par l'armée française dans la nuit du 30 novembre au 1er décembre. Depuis, on les avait relevés et emportés. Cependant, malgré tous les corps d'ambulances, et quoique le nombre des infirmiers volontaires fût très-considérable, il en restait encore, et le fait suivant donne à réfléchir :

Le 5 décembre, un rapport prussien donnait avis au général Ducrot que de *nombreux cadavres* restaient encore sur le terrain situé entre les avant-postes ennemis. En conséquence, on envoya pour les ensevelir une escouade de terrassiers, accompagnés par une soixantaine de frères de la doctrine chrétienne. Aux avant-postes, un armistice temporaire fut conclu et l'on se mit à l'œuvre, les uns attaquant à grands coups de pics la terre gelée, les autres relevant les cadavres disséminés dans les touffes d'herbes qui bordent la route de Joinville-le-Pont à Villiers.

D'abord interrompus dans leur travail par des obus français partis de la redoute de Saint-Maur, occupée par d'intelligents artilleurs qui avaient pris les frères pour des canonniers prussiens en train d'élever des ouvrages, ceux-ci se remettent bientôt à leur besogne, et d'immenses fosses furent creusées à l'angle que forme avec la route de Villiers le petit chemin qui mène au Tremblay.

Mais ces cadavres épars étaient nombreux. Les Prussiens en amenaient, sur des charrettes, de Petit-Bry, de Champigny, de Croisy. Il fallut deux jours pour achever cette lugubre besogne, assombrie encore par le temps qu'il faisait. Lorsqu'on eut compté tous ces cadavres, roidis et blêmes, couverts par la neige qui tombait, on n'en trouva pas moins de *six-cent-quatre-vingt-cinq* !

Tous ces corps furent placés dans les fosses par couches, et chaque couche reçut un lit de chaux ; puis, les fosses comblées, une croix de bois noire fut plantée sur les tumulus. Elle portait cette inscription :

Ici reposent
Six-cent-quatre-vingt-cinq
soldats et officiers français tombés
sur le champ de bataille
Ensevelis par les ambulances de la Presse
Le 8 décembre 1870.

CHAPITRE XI.

Une soirée en décembre. — Conversation. — Commentaires
d'Antonin. — Une ballade allemande.

Nous nous retrouvâmes, Antonin, Villaret et moi,
dans notre vieil hôtel de la Croix-Rouge, et nous
passâmes ensemble de longues soirées à causer et
à fumer. Je n'avais presque pas aperçu Villaret
à Rosny, son escouade s'étant logée dans une maison que je ne connus pas tout de suite. Il nous raconta différents épisodes de la campagne, et nous
nous égayâmes un peu sur le compte de nos braves camarades de la garde nationale.

Nous avions dans notre première escouade un
jeune Polonais nommé Monaski; il vint à cette
époque habiter l'hôtel vis-à-vis du mien, et comme
il était d'humeur très-sociable et grand fumeur, il
vint faire partie tous les soirs de notre petite réunion, qui se tenait d'ordinaire dans ma chambre.

Ce jeune homme, âgé de 18 ans, était entré comme volontaire dans la compagnie ; élevé en France, il parlait mieux le français que sa langue maternelle, et n'avait de polonais que le nom. Il était, je l'ai dit, grand fumeur, et avait un merveilleux talent pour culotter des pipes. Ses camarades l'appelaient ordinairement par la dernière syllabe de son nom, *Ski*, et il était connu de toute la compagnie sous ce nom-là. Il était le contraire de Hefter, qui, on se le rappelle, demandait à tout le monde du tabac. *Ski*, lui, en offrait. Il en avait dans toutes ses poches, et n'était jamais pris au dépourvu. Outre la pipe qu'il portait élégamment à sa bouche, il en avait toujours une de réserve, invariablement passée dans la boutonnière supérieure de sa capote. Il me paraissait que les pipes et le tabac l'absorbaient un peu trop, et entraient pour une trop forte part dans sa conversation, mais comme notre ami Ski n'était pas grand causeur, et qu'il nous écoutait en silence pendant des heures entières, nous le trouvions un très-agréable voisin.

Il n'entre pas dans le cadre de cet ouvrage de dépeindre les mœurs de Paris, qui furent les mêmes pendant le siége qu'avant et après. Je pourrais raconter d'intéressantes anecdotes sur les habitants et surtout sur les habitantes de mon hôtel, sur mes voisines, les maîtresses de jeunes mobiles des départements, et les curieuses scènes que je pus étudier. Mais cela me conduirait trop loin.

Ma journée se passait bien simplement. S'il n'y avait pas exercice ou réunion sur la place Saint-Sulpice, je restais au lit jusqu'à neuf heures du matin, heure à laquelle je m'habillais, et j'allais lire les journaux du matin. Puis je me rendais dans un restaurant pour y déjeûner. L'après-midi, promenade avec mes camarades, tantôt sur les quais, tantôt au Trocadéro ou aux Champs-Élysées. La nuit venue, j'allais dîner modestement chez mon restaurateur, et je rentrais. Peu de temps après, mes voisins ne tardaient pas à arriver.

Par une de ces soirées du commencement de décembre, j'étais tranquillement assis dans ma chambre, fumant ma pipe dans l'obscurité, lorsque Villaret entra, et me salua de sa phrase ordinaire d'introduction :

— Tu es déjà là ?

— Oui, tu vois, répondis-je. Veux-tu que j'allume ma bougie ?

— Non, nous n'avons pas besoin de lumière pour causer et fumer. Il faut économiser par le temps qui court.

— Tu as raison. Économisons.

A ce moment, on heurta à la porte.

— Entrez !

C'était notre ami *Ski*, qui arrivait, escorté de nuages de fumée, et ses poches bourrées de tabac.

— J'ai une bonne nouvelle à vous apprendre, nous dit-il en entrant dans la chambre, et en retirant sa pipe de sa bouche d'un geste plein d'ampleur et d'élégance.

— Et laquelle? demandâmes-nous avec intérêt.

— Je viens d'acheter, nous dit le jeune Polonais, quatre paquets de tabac de cantine, à six sous le paquet. C'est une vraie chance que j'ai eue. Je rencontre un pompier.....

— Et c'est là cette bonne nouvelle que vous nous apportez! interrompit Villaret. J'ai cru d'abord que vous alliez nous annoncer l'entrée dans Paris d'un convoi de bœufs ou tout au moins de farine.

— Vous trouvez donc que quatre paquets à six sous....

Villaret interrompit encore :

— Ne nous ennuyez pas avec vos paquets de tabac, asseyez-vous là et fumez.

— C'est ce que je fais, répondit Ski. Au reste, je ne forcerai personne à en fumer, de ce tabac.

— J'espère bien que non.

Ici, un bruit se fit entendre du côté de la porte. C'était Antonin qui arrivait.

— Bonsoir à tout le monde, dit-il en entrant.

— Bonsoir, Antonin.

Nous nous plaçâmes tous les quatre autour de

ma petite table, et j'allumai ma bougie. Puis la
conversation reprit aussitôt.

— J'ai à vous faire part, dit Villaret, d'une nouvelle plus intéressante que celle de Ski ; il paraît
que notre bataillon va repartir très-prochainement ;
il ira probablement passer huit ou quinze jours aux
avant-postes.

— De quel côté? demandai-je.

— On ne le sait pas encore, répondit Villaret.
Mais ce ne serait qu'un service de garde cette fois.

— Ce ne serait donc pas un service aussi actif
que le dernier que nous avons fait, dit Antonin en
riant. On a raison. Des sorties comme celle-là fini-
raient par fatiguer cette pauvre garde nationale.

Puis, reprenant son ton sérieux, Antonin ajouta :

— Grands dieux, quelle organisation! Qu'attend-
t-on pour faire une nouvelle sortie, ou un nouvel
effort? Et pourquoi n'essaie-t-on pas de faire marcher une fois pour tout de bon la garde nationale?
On saura alors si décidément elle ne peut soutenir
le feu. Savez-vous ce que le 83e bataillon, aussi de
notre quartier, a dû faire pendant les journées de
Champigny? Un des gardes de ce bataillon me l'a
dit et je l'ai noté. Le clairon les appelle dans la nuit
du 1er au 2 décembre, ils se rassemblent sur la place
de l'Odéon, et se mettent en route à cinq heures et
demie du matin. Nuit sombre, froid du diable. Ils

8

arrivent vers les 8 heures au bas du plateau d'Avron,
et y restent sans oser bouger. A midi, distribution
de vivres. A six heures du soir, le bataillon repart
sans savoir ce qui s'est passé, mais il apprend de
toutes parts que l'armée française a remporté une
victoire éclatante sur les Prussiens. Nos individus,
fatigués et gelés sans avoir rien fait, rentrent à 8
heures du soir chez eux, revenant de *la bataille!*
—- La garde nationale n'a donc encore rien fait, et
les journaux officiels la comblent d'éloges et de flat-
teries ridicules. Quelques gardes aux remparts, ou
aux avant-postes, est-ce là tout ce qu'on en attend?
Si nos chefs craignent de marcher en avant avec la
garde nationale, qu'ils la dissolvent de suite, parbleu! J'avoue qu'à leur place, je l'aurais fait il y a
longtemps. Puis, j'aurais fait un choix des hommes
courageux et résolus, qui ne manquent pas dans
beaucoup de bataillons républicains, et je les aurais
organisés sur le même pied que la troupe de ligne.
Quant au reste, composé de tous ces faiseurs de
beaux discours, accoutumés aux fins dîners et aux
lits d'édredon, je les aurais laissés dans Paris; libre
à eux de continuer leurs bons repas et leurs bla-
gues jusqu'à la fin du siége....

— Vous avez bien raison, dit Ski. Mais vous, Antonin, que dites-vous de mon acquisition?

Et Ski étala aux yeux d'Antonin ses quatre paquets de tabac.

Antonin continua sans prendre garde à l'interrupteur :

— Je regrette maintenant d'être venu de New-York pour défendre mon pays. Quand je vois comment cela marche ! Pauvre France !

Et Antonin s'arrêta, d'un air profondément découragé.

— Quand saura-t-on, demanda alors Villaret, pourquoi Ducrot est revenu en arrière le 3 décembre, lorsqu'il avait avec lui, d'après son propre aveu, 500 canons et 150,000 hommes, appuyés par plus de 40,000 gardes nationaux ?

— Il est probable, dis-je à Villaret, que Ducrot a été repoussé le 3, et qu'on nous le cache. Pour moi, j'en suis à peu près sûr. En outre, les pertes de notre côté sont plus considérables qu'on ne le dit. J'ai lu aujourd'hui dans le *Siècle* une lettre d'un officier d'un régiment de ligne qui se plaint que le gouvernement garde un silence systématique sur la part qu'ont prise à Champigny et à Montmesly les troupes de ligne, et il déclare que cependant plusieurs bataillons y ont perdu plus du tiers de leur effectif.

— On ne saura jamais la vérité qu'après la guerre, dit Antonin. Le gouvernement nous trompe ; il ment avec impudence ; les chefs mentent, les journaux mentent ; tout le monde ment ; comment diable voulez-vous savoir la vérité ?

Il y eut ici un petit moment de silence. Villaret reprit alors :

— Et qu'as-tu mangé ce soir, Antonin? Moi je n'ai trouvé à mon restaurant aucune viande, et j'ai dû me contenter d'une espèce de soupe aux oignons et d'un petit plat de riz, qu'on m'a fait payer six sous. Aussi j'avais plus faim en sortant qu'en entrant, et je suis décidé à retirer ma carte de boucherie (1) dès demain, si je ne puis pas même avoir ma misérable ration de 33 $^1/_3$ grammes.

— Tu ferais bien de venir chez mon gargotier, lui répondit Antonin. Je ne lui donne pas ma carte et pourtant j'y mange tout ce que je veux. Ce soir, par exemple, j'ai mangé un excellent civet de chat, et une côtelette d'agneau.

— De l'agneau ! s'écria Ski. C'est impossible !

— C'est le nom que donne à ce plat la maîtresse du restaurant, répondit Antonin. Nous savons tous que son agneau n'est que du chien, mais je ne l'en trouve pas moins bon. Il y a longtemps que je suis habitué à ces manies des Parisiens de décorer d'un joli nom tous les plats nouveaux.

— Je n'ai pas encore trouvé, dit Villaret, un restaurant où l'on vous offre du cheval. L'on en mange

(1) Chaque habitant de Paris avait une carte avec laquelle il devait se présenter aux boucheries pour retirer sa portion de viande ; il pouvait la prêter ou la donner au patron du restaurant où il prenait ses repas, qui se chargeait alors de prendre sa portion en même temps que celle des autres habitués.

partout, puisqu'il n'y a plus de bœuf, mais partout les garçons viennent gravement vers vous, et vous offrent toujours du bœuf. Vous-même vous demandez : *Un bœuf !* Il y aurait une vraie révolution dans mon restaurant si j'allais demander un jour à haute voix : Un cheval entrelardé aux choux !

La remarque de Villaret était vraie. Dans tous les restaurants que je fréquentais, les plats nouveaux étaient déguisés sous des noms pompeux. Le chat était du civet de lièvre, le chien était de l'agneau ou de la chèvre, et le cheval du bœuf. (1)

Ski, lui, n'avait mangé ni civet, ni côtelette d'agneau. Il nous avoua qu'il s'était contenté d'un petit pain, et d'un peu de vin pour son dîner, les dépenses extraordinaires qu'il avait faites pour le tabac de cantine ayant nécessité quelques économies. Mais il se félicitait maintenant beaucoup de cet achat, puisque nous allions partir, et que notre absence pouvait durer bien des jours.

Il était convenu entre nous que nous achèterions

(1) Ce ne fut que dans les dernières semaines du siége qu'on vit s'étaler, dans les vitrines des petits restaurants, des *saucissons de chien*, de la *tête de cheval*. Le boudin de cheval se vendait fort bien, par contre, et fut longtemps vendu assez bon marché, 40 centimes la livre, je crois. Le cœur de cheval et de mulet se vendait à part, dans les charcuteries, et il se payait déjà, au mois de décembre, fr. 3»50 le demi-kilogramme. Quant aux rats dont on a tant parlé, je n'en ai jamais vu vendre, ni acheter, ni manger. Quelques excentriques seuls peuvent avoir goûté de ce petit rongeur, et seulement par plaisanterie.

chacun un journal pendant la journée, de sorte que le soir venu, nous pouvions lire ensemble les principaux faits et gestes de Paris et de ses habitants.

Les jours qui suivirent cette malheureuse sortie de Ducrot, on vit paraître dans les rues et dans les journaux de Paris deux choses bien différentes, mais résultant toutes deux du dernier engagement. Ce furent d'abord, dans les rues, des casques prussiens et badois, qui, convenablement nettoyés, se vendirent à des prix extravagants. Tous les bourgeois riches voulurent avoir un échantillon de cette coiffure en cuir bouilli, surmontée du fameux paratonnerre. Mais le nombre des casques étant limité, et le nombre des amateurs très-considérable, il en résulta que le prix des casques ne fut accessible qu'aux bourses bien garnies. Quelques-uns furent même mis en loterie, à un franc le billet, par des francs-tireurs, d'autres figurèrent dans la devanture des magasins d'armes et d'équipements militaires, et il y avait toujours foule pour admirer les coiffures de l'ennemi.

Mais ce que je trouvai bien plus curieux, et ce qui devait donner à réfléchir aux Français, ce fut l'apparition dans un grand nombre de journaux d'extraits de lettres trouvées sur des cadavres allemands, à Champigny ou à Bry. Chaque soldat prussien avait sur lui un carnet de notes, et des lettres et des journaux, et ce fait devait frapper un observateur. Tous ces morts avaient eu une famille, avec laquelle ils correspondaient. Ils recevaient presque tous des journaux, politiques, littéraires. Ils avaient presque tous aussi une mère, ou une fiancée, et sur un grand nombre de corps on trouva un recueil de notes, écrites chaque jour régulièrement, et quelquefois accompagnées de poésies composées par le soldat quelques jours auparavant. Ces notes, ces lettres et ces poésies, publiées par les journaux parisiens, étaient très-curieuses ; il y en avait qui, à la vérité, ne montraient pas le soldat allemand, ni même sa famille, sous un bien beau jour ; je ne sais si l'on avait osé falsifier ou travestir quelques lettres, mais il est certain que j'en ai lu où un honnête cousin resté au pays recommandait à son cher parent sous les armes de lui rapporter des souvenirs de Paris lorsque cette ville serait prise, et qu'elle serait livrée au pillage ; une autre fois c'était une gentille fiancée qui priait son prétendu de lui envoyer des boucles d'oreilles, s'il en trouvait chez les Français. Quoiqu'il en soit, il y avait aussi bien des lettres touchantes, qui parlaient de paix, et qui faisaient espérer au soldat allemand un prochain retour dans ses foyers.

Ce soir là, nous lûmes plusieurs de ces notes et lettres traduites, et nous convînmes tous que le soldat allemand était en général plus instruit et plus attaché à sa famille que le soldat français.

Parmi les extraits que je lus, je remarquai une sorte de ballade, trouvée dans le portefeuille du cadavre d'un Westphalien, et transcrite ou copiée probablement par lui. Cette poésie nous impressionna vivement. Ce fut par la lecture de ce morceau que nous terminâmes notre soirée, et ce sera par elle aussi que je terminerai mon chapitre :

Les flammes du bivouac brillent au loin à travers la nuit sombre ; trois guerriers sont réunis ; ils pensent à la bataille qui va avoir lieu.

Ils parlent de guerre et de combats, et leur pensée erre dans l'avenir ; ils se voient de retour dans la patrie, après la victoire ; quelle douce joie !

Le premier tire de sa poche une gourde : « Amis, dit-il, voyez ce qu'elle m'a donné ; combien de fois ce gage d'amour n'a-t-il pas apaisé ma soif?

« Et quand nous serons revenus, assis aux côtés de ma fidèle amie, je viderai le flacon en lui portant un toast d'amour. »

« Voyez, dit le second, ce mouchoir qui me vient de mon amie ; combien ce présent me rend heureux. C'est elle qui l'a cousu, c'est elle qui l'a porté.

« Et quand, après ces temps d'orage, nous rentrerons dans la paix et dans le repos, j'agiterai de loin ce mouchoir pour lui souhaiter la bienvenue. »

Le troisième a légèrement pâli, il regarde les flammes d'un air sombre : « Moi, dit-il, je n'ai pas de gage d'amour, car elle est depuis longtemps au tombeau.

« Rien ne m'attire donc plus vers la maison natale. Tout m'attire au contraire vers l'endroit où repose mon amie. Oh ! si les balles qui sifflent pouvaient me coucher à côté d'elle dans la tombe ! »

Les flammes du bivouac brillent de nouveau dans la nuit sombre. Les trois amis sont encore une fois rassemblés après une lutte sanglante.

La tempête déchaînée sur les champs de bataille ne s'inquiète guère de ceux qui souffrent, ne s'inquiète guère de ceux qui aiment. L'un des guerriers porte dans sa poitrine fracassée les éclats de sa gourde.

L'autre a de larges plaies dans le crâne, car le sabre a frappé juste ; — sur les chairs ouvertes, un mouchoir est étendu, teint d'un sang couleur de pourpre.

Et le troisième regarde avec douleur les blessures de ses amis. Lui, aucune balle ne l'a touché ! Il contemple les cadavres et pleure !

CHAPITRE XII.

Les mobiles de l'Hérault. — Les mobiles et les cocottes. — Nous partons pour Maisons-Alfort. — Les *tirailleurs de Belleville*. — Maisons-Alfort et les jardins.

Entr'autres habitants de mon hôtel, il y avait, je l'ai déjà dit, plusieurs dames, qui étaient les maîtresses de jeunes mobiles. Ces mobiles, campés souvent en dehors de Paris, ne venaient guère leur faire visite que tous les huit ou quinze jours. J'en connaissais deux assez particulièrement, qui étaient du département de l'Hérault, et qui auraient pu être pris comme type de l'habitant de la France méridionale : gais, causeurs et un peu gascons. Ces mobiles, jusqu'à présent, n'avaient guère appris qu'à manier un peu leurs armes, et à marcher au pas. Quelques bataillons avaient déjà été au feu, il est vrai, mais la majeure partie des mobiles des départements ne savait pas tirer un coup de fusil. Tous ces mobiles, que je pus interroger dans mon hôtel bien souvent, m'avouèrent que leur arme était vierge de poudre, et qu'ils avaient demandé inutilement, bien des fois, de pouvoir aller à la cible, pour apprendre à tirer et à connaître leur arme. Leur demande avait toujours été repoussée, mais ils espéraient que prochainement un tir serait organisé.

Leur espoir fut vain ; on les avait laissés, pendant trois mois de siége, sans leur donner l'instruction nécessaire, et l'on ne sera pas étonné d'apprendre que le bataillon de mobiles de l'Hérault, auquel appartenaient mes deux jeunes camarades, quitta Paris, quelques semaines après la capitulation, sans avoir brûlé une seule cartouche ! Plusieurs autres bataillons furent dans ce cas.

Que faisaient donc ces jeunes gens, lorsqu'ils étaient casernés, soit dans l'intérieur de la ville, soit en dehors des fortifications ? A Paris, les mobiles étaient en grande partie logés dans des baraquements, construits sur les boulevards extérieurs, ou sur l'esplanade des Invalides. Les bataillons de la Bretagne furent longtemps casernés dans ce dernier endroit, et je ne passais jamais près de leurs baraques sans entendre le son d'une petite flûte, qui jouait des airs de leur pays, de leur pauvre Armorique, airs doux et tristes, accompagnés parfois de chants bizarrement modulés. Ces enfants de la Bretagne durent bien souffrir pendant ce long siége.

D'autres mobiles s'étaient plus vite mis au courant des mœurs de la grande ville. On les voyait le soir, au bras de petites cocottes, courir les rues, chantant d'une voix plus ou moins avinée, et ne paraissant guère s'inquiéter de leur patrie en danger, ou de leurs villages occupés peut-être par l'ennemi. D'autres encore, plus riches, désertaient leur modeste campement, pour aller se faire servir un dîner copieux dans un bon restaurant, en compagnie de leur maîtresse ; ils fêtaient Bacchus et Vénus, et ne rentraient chez eux que le lendemain.

Aux avant-postes (ici, je citerai un officier de marine français, qui a publié un excellent Journal du Siége de Paris)« les soldats emploient le temps qu'on leur laisse à saccager les maisons, à s'enivrer avec le vin qu'elles contiennent, à détruire pour le seul plaisir de détruire. Les plus habiles trafiquent de ce qu'ils trouvent, souvent sous les yeux de leurs officiers, qui laissent faire quand ils ne sont pas complices. Nous sommes assaillis tous les jours des plaintes des propriétaires de la banlieue que la rigueur des consignes empêche de sortir de la place, et qui nous supplient de protéger leurs demeures contre ces actes de vandalisme ; et ce qui se passe en avant de nous se répète sur tout le périmètre de l'enceinte. » *(6 décembre)*.

Pour compléter cette citation, j'ajouterai que j'ai vu un sous-officier de mobiles, d'un des départements du midi, emporter avec lui, après le siége, une malle remplie de livres de prix, élégamment reliés, trouvés dans les maisons de campagne de la banlieue, où ce mobile était en garnison, et je puis garantir que ce fait est bien loin d'être isolé !

Le lendemain de la petite réunion que j'ai racontée dans le chapitre précédent, nous fûmes avertis de nous réunir sur la place Saint-Sulpice à 9 heures du matin, avec armes et bagages, pour faire un service hors des remparts. C'était le 8 décembre.

Je mis en ordre mon fourniment, et à l'heure indiquée, je me rendis avec mes amis sur le lieu du rassemblement ; là une distribution de cartouches fut faite, et au bout d'une heure, nous nous mîmes en route, accompagnés par plusieurs compagnies du bataillon sédentaire.

Ces compagnies nous suivirent jusqu'à Bercy, et là on se sépara après avoir pris ensemble fraternellement un punch d'adieu, et avoir échangé de cordiales poignées de mains. Nous sortîmes de l'enceinte fortifiée, et nous arrivâmes à Charenton, où le bataillon s'arrêta un moment.

Là, seulement, j'appris d'une manière certaine que nous allions occuper les avant-postes près de Creteïl, qui venaient d'être abandonnés par le bataillon des *tirailleurs de Belleville*, rappelés à Paris pour être licenciés. Leur chef, Flourens, était même cité devant un conseil de guerre, sa troupe ayant abandonné son poste de tranchée, criant à la trahison, et en proie à une vive panique. Ce fait m'étonnait vivement ; j'avais de la peine à croire que des Bellevillois, ces faubouriens de Paris si turbulents, qui d'ailleurs avaient demandé volontairement un poste d'honneur, et avaient obtenu d'être armés avant tous les autres de chassepots, se fussent rendus coupables d'un tel acte de lâcheté. Je savais déjà que les tirailleurs de Flourens étaient vus de mauvais œil par l'état-major de la place Vendôme ; on ne leur pardonnait pas d'être venus devant l'Hôtel-de-Ville le 31 octobre, et l'on cherchait peut-être un moyen de les dissoudre. Il y avait eu indiscipline, en tous cas, et la tranchée avait été désertée toute une nuit ; ce fait était grave, et justifiait la sévérité de la mesure prise par le gouvernement.

Nous traversâmes le pont sur la Marne, qui mène à Alfort, joli petit village non loin du fort de Charenton ; puis, suivant une longue route, droite, et bordée d'arbres, nous arrivâmes à Maisons-Alfort, but de notre course.

Midi approchait, et comme il fallait que notre bataillon fournît une garde pour les avant-postes dès le jour même, on tira au sort pour connaître l'ordre dans lequel les compagnies iraient aux tranchées. Le sort désigna la première, puis la troi-

sième, la deuxième et la quatrième. La première
compagnie dut donc se remettre en route immédiatement, et faire encore presque une lieue, à travers des terres labourées, pour aller à Notre-Dame-
des-Mèches, relever une compagnie du 147e bataillon, qui devait retourner à Paris.

Quant à nous, nous prîmes paisiblement possession de Maisons-Alfort. Ce petit village ressemblait
à tous ceux que j'avais vus jusqu'alors autour de
Paris : maisons de campagne de bonne apparence
coudoyant des fermes ou de vieilles masures. Les
habitants l'avaient abandonné. Une vingtaine de
paysans tout au plus étaient restés, retenus par
l'appât du gain, et ils vendaient aux troupes du vin
et des liqueurs. Ma compagnie fut logée dans une
grande maison, fort bien distribuée, et qui était, en
temps de paix, un charmant pensionnat de demoi-
selles. Nous nous partageâmes les chambres, et
chacun courut à la recherche des objets de première nécessité.

Les gardes nationaux de mon bataillon ne se mon-
trèrent pas plus empruntés que les francs-tireurs.
Mes camarades de la première escouade arrivèrent
bientôt de tous côtés, l'un apportant des chaises,
l'autre une table ; les uns se chargèrent de l'eau ;
les autres du bois et des ustensiles de cuisine ; bientôt la chambre de la première escouade fut entièrement meublée, et un poêle, trouvé dans une re-

mise, fut convenablement installé dans notre appartement, et nous procura bientôt une douce chaleur.

Le village de Maisons-Alfort était occupé par un bataillon de soldats de ligne, un de chasseurs de Vincennes, et plusieurs compagnies de francs-tireurs. Il y avait en outre deux bataillons de gardes nationaux ; toutes ces troupes, logées dans les maisons, lorsqu'elles n'étaient pas de garde, n'avaient pas un service bien pénible à faire ; les soldats se promenaient dans le village, causant, fumant, dépensant leur solde chez les marchands de vin, ou avec leur cantinière. Les jardins et les champs qui entouraient Maisons-Alfort avaient été dépouillés depuis longtemps, et la terre en avait été retournée plusieurs fois dans l'espérance toujours déçue d'y trouver encore quelque tubercule. Le bois commençait à manquer ; la consommation en était énorme, il en fallait à toute heure du jour et de la nuit. Aussi, les soldats, obligés de faire leur soupe et de se chauffer, après avoir épuisé le bois à brûler des paysans, prenaient des bois de charpente ou de charronnage de grande valeur, et je vis, dans quelques maisons, les volets et les contrevents précéder les bois de charpente. Il était facile à calculer que, dans peu de temps, il n'y aurait plus une parcelle de bois dans Maisons-Alfort.

Nous pûmes nous procurer heureusement un peu

de paille pour la nuit ; après avoir pris le repas du
soir, nous chauffâmes le poêle, et chacun s'endor-
mit paisiblement.

CHAPITRE XIII.

es paysans. — Une journée à Maisons-Alfort. — Notre-Dame-
des-Mèches. — Je suis de faction.

Le lendemain, une neige fine tombait dans la rue,
devant notre maison. Le froid me sembla excessif,
et je plaignis les gardes de la troisième compagnie,
qui devaient partir à 9 heures du matin pour aller
relever la première compagnie, à Notre-Dame-des-
Mèches. Temps sombre, froid rigoureux, chemin
mauvais, pays plat, sans vue, sans horizon, tout
cela n'était pas égayant, on l'avouera; aussi, les
gardes nationaux de la troisième compagnie avaient
perdu leur air gai et insouciant. Tous les visages
étaient en harmonie avec le ciel nuageux de ce
jour, et moi-même j'éprouvais une certaine tristesse, en suivant, de ma fenêtre, cette longue file
d'hommes, qui, marchant sur deux rangs, se déta-
chaient en long ruban noir sur les champs blanchis
par la neige.

J'avoue que j'avais parfois d'étranges accès de mélancolie ou de tristesse, quand, mettant de côté les soucis et les inquiétudes de la guerre, je songeais aux innombrables malheureux que cette lutte fratricide entre deux grands peuples civilisés plongeait dans la plus profonde misère. J'avais vu la plupart des villages qui entouraient Paris dévastés par l'incendie; et le pillage achevait maintenant l'œuvre des obus, pendant que leurs habitants, réfugiés dans Paris, vivaient pauvrement, et voyaient consommer, par une inaction forcée, leur ruine complète. De temps en temps, poussés par une curiosité invincible, ces paysans voulaient revoir leur habitation, et, munis d'un laisser-passer, ils venaient jeter un coup-d'œil à la maison qu'ils aimaient tant. Quelles scènes de désespoir n'ai-je pas vues, lorsque ces pauvres gens trouvaient leur habitation (quand ils la retrouvaient debout) dévastée, leurs meubles transportés ailleurs, leurs caves vidées, leur bois brûlé, et des soldats installés, groupés dans leurs chambres, autour d'un grand feu, alimenté par les volets de leurs fenêtres, ou les boiseries de leurs appartements. Et il ne fallait pas qu'ils se plaignissent, car alors ils étaient repoussés durement.

Puis, l'on voyait des femmes s'enquérir de leur mari malade, ou de leur frère blessé ou disparu.

Disparu ! il y en avait en effet beaucoup de dis-
parus ; et qu'on ne devait jamais retrouver.

Et si l'on réfléchissait aux milliers de malheureux
qui souffraient du froid à Paris, et de privations de
toute sorte, aux nombreux enfants qui mouraient
faute d'une bonne nourriture, aux vieillards et aux
malades qui succombaient par le manque d'une
saine alimentation, aux inquiétudes et aux soucis
sans nombre qui rongeaient le cœur de tous ceux
qui avaient des parents sous les armes, on aura une
faible idée de l'état douloureux dans lequel se trouvait ce grand Paris. Et les ateliers étaient fermés
pour la plupart, et l'ouvrier robuste, honnête et
laborieux, devait entretenir sa famille, n'ayant que
ses trente sous de garde national pour vivre. Quant
à celui qui n'était pas de la garde nationale, il avait
bien la ressource des cantines municipales, et des
bons gratuits, mais j'en ai connu qui ont préféré
jeûner que de se résoudre à une pareille extrémité,
et manger de la portion des pauvres et des petits
enfants.

Mais, comme le cœur de l'homme ne peut toujours s'occuper de choses tristes, sous peine de
maladie, il cherche à dissiper ses pensées sombres :
c'est presque un besoin fiévreux. Aussi, lorsque,
réunis dans notre chambre, nous fumions en silence, songeant chacun à nos familles, à nos amis,
il suffisait d'une parole gaie pour ramener de suite

la gaieté sur les fronts soucieux. La conversation reprenait son cours. On parlait politique, on discutait sur des riens, et le temps se passait ; d'ailleurs la confection de nos maigres repas nous donnait une occupation considérable, et chacun s'ingéniait à ajouter quelque chose à notre ordinaire.

Cette journée passa, longue et monotone. Réunis autour de notre poêle, les uns causaient et fumaient ; les autres jouaient aux cartes ; de temps en temps l'on sortait pour faire un tour dans le village, et prendre l'air. On s'arrêtait devant un cantinier pour prendre un *réchauffant*, et l'on rentrait au logis.

Soit par amitié, soit par habitude, Villaret et Ski vinrent passer leur soirée dans la chambre de mon escouade, et, assis sur une paillasse qu'Antonin avait trouvée, nous causâmes jusqu'à neuf heures du soir, heure à laquelle nous rappelant que le lendemain était notre jour de garde aux tranchées, nous allâmes nous étendre sur nos couvertures.

Dès que le jour parut, je m'approchai de la fenêtre pour examiner l'état du ciel. Il était gris, de ce gris de fer particulier au ciel de décembre. La neige avait cessé de tomber, mais elle couvrait toujours la rue et les champs voisins. Le village semblait désert. Seuls, quelques chasseurs de Vincennes passaient de temps en temps, d'un pas rapide, chargés probablement de commissions pressées. De grands corbeaux noirs, attirés probablement par l'odeur du sang des derniers combats, se promenaient gravement dans les vergers, cherchant une proie sous la neige. A ma droite, au nord, je voyais la petite éminence couronnée par le fort de Charenton, et devant moi, à l'ouest, mon horizon était borné par le remblai du chemin de fer de Lyon, chemin de fer qui, un an auparavant, m'avait amené à Paris.

A 8 heures, le capitaine Rétinat vint visiter toutes les escouades, pour s'assurer que tout le monde était prêt à partir pour Notre-Dame-des-Mèches. Une demi-heure après, les clairons sonnèrent, et la compagnie, rangée sur deux rangs dans la rue, fut inspectée par le commandant du bataillon.

Nous restâmes encore une demi-heure environ, les pieds dans la neige ; enfin, l'ordre du départ fut donné, et nous nous mîmes en route.

Nous suivîmes un instant le chemin qui descend au sud, parallèlement à la ligne du chemin de fer de Lyon, puis, prenant à droite, à travers champs, nous nous dirigeâmes vers un petit groupe de maisons, lieu de notre destination. C'était Notre-Dame-des-Mèches.

Ces constructions, bâties au milieu des champs, à peu de distance des carrières de Creteil, et non loin de ce dernier village, étaient le dernier poste français dans cette direction. En effet, on pouvait voir, à peu de distance, les maisons de Mesly, occupées par les Prussiens, et plus loin, la butte de Montmesly, qui, garnie d'artillerie, avait résisté aux efforts des troupes de la division Susbielle, dans la journée du 29 novembre.

Nous nous arrêtâmes devant un grand hangar, qui avait dû être une écurie et une remise, et qui servait actuellement de corps de garde. Nous trouvâmes là une partie de la troisième compagnie, qui se chauffait auprès d'un bon feu. C'était le poste principal, qui fournissait les sentinelles pour la tranchée, et pour un second poste plus avancé encore, qui occupait une petite maison isolée à deux cents pas de là. Je fus étonné d'abord qu'un poste aussi avancé et aussi important fût confié à la garde nationale, mais mon étonnement cessa, lorsque je constatai qu'il y avait, logé dans les maisons les plus voisines, un bataillon de ligne tout entier, et une compagnie des *Enfants perdus de Paris*.

Les postes furent relevés ; les consignes furent données, et la troisième compagnie nous quitta pour retourner à Maisons-Alfort.

Mon tour de garde ne devait venir qu'à 9 heures du soir, aussi je passai la plus grande partie de la journée dans l'étable qui nous servait de poste, en compagnie d'Antonin et Villaret. Je visitai aussi la tranchée où je devais passer deux heures de faction. C'était un long fossé d'un mètre de profondeur, dont la terre avait été rejetée en avant ; les sentinelles, au nombre de cinq, se promenaient le long de la tranchée, surveillant la plaine du côté de Mesly, et évitant de trop se montrer, car les tranchées prussiennes n'étaient qu'à 400 mètres de là, et plus d'une balle avait déjà sifflé aux oreilles des imprudents qui avaient osé se découvrir un peu trop.

On se rendait au poste de la petite maison en suivant un couloir creusé à travers champs, et les sentinelles pouvaient être relevées sans être exposées aux balles ennemies. Cette petite maison était crénelée au sud, à l'est et à l'ouest, et pouvait, en cas de surprise et défendue par de bons tireurs, résister à un premier coup de main, et donner le temps aux postes de prendre les armes et de se précipiter dans les tranchées.

L'étable que nous occupions était aussi crénelée du côté du sud, et ces nombreux trous qui perçaient le mur entretenaient des courants d'air fort désagréables. Il y avait encore de grandes ouvertures au toit, pratiquées dans le but de laisser échapper la fumée de notre feu, qui brûlait continuellement. Dans un des angles de l'étable on voyait un peu de paille sale et humide étendue sur le sol : c'était notre lit. Mais en général, la nuit de garde, personne ne se couchait ; on devait rester debout autant que possible, prêt à rejoindre les sentinelles dans la tranchée à la première alerte.

A neuf heures, je m'enveloppai le plus chaudement possible, je glissai une cartouche dans mon fusil, et, en compagnie des quatre autres gardes qui devaient faire la faction, je pris un peu de bon cognac ; le lieutenant Herbelin arriva alors, et nous invita à le suivre à la tranchée. Nous remarquâmes que notre lieutenant avait un air singulier ce soir-là. Il n'avait ni ses manières d'ordinaire affectées, ni son ton de voix habituel. Son service paraissait le contrarier vivement, et il prenait un soin tout particulier de se garantir en se rendant à la tranchée.

Le froid était extrêmement vif, et dès que nous mîmes le pied hors de notre poste, nous fûmes tous saisis d'un frisson involontaire. Heureusement, on vint nous annoncer, au dernier moment, que nous ne ferions qu'une heure de faction, de 9 à 10 heures, et que la seconde heure serait faite par la pose suivante. Puis nous reviendrions de 11 heures à minuit dans la tranchée. Cette manière de diviser les heures de faction me plut, et j'allai gaîment prendre ma place à l'un des bouts de la tranchée, tandis que mes camarades se plaçaient de dix pas en dix pas. Le lieutenant Herbelin, d'une voix émue, nous avertit qu'il était sévèrement défendu de faire feu, excepté dans les cas urgents, c'est-à-dire seulement si l'ennemi se montrait. Cet avis donné, le lieutenant nous quitta, et ne reparut pas de toute la nuit.

CHAPITRE XIV.

Dans la tranchée. — Le garde Richard. — Les prisonniers de
Montmesly. — Alerte. — Le 214ᵉ bataillon.

Pendant les premières minutes qui s'écoulèrent,
nous restâmes silencieusement à notre place, plon-
geant nos regards dans l'espace, et cherchant à
sonder ces champs neigeux, au milieu desquels se
dessinaient, comme de noires taches d'encre, quelques grands arbres et quelques buissons. Mais le
silence le plus complet régnait autour de nous, et
les grands arbres, semblables à de hauts piliers
noirs, dressaient dans la brume leurs cimes élevées,
et paraissaient les gardiens de ces champs désolés.
De temps en temps, je percevais un léger son ; c'é-
tait le pas sourd d'un de mes camarades dans la
tranchée, ou le bruit étouffé de quelqu'un qui tousse ;
puis le silence se faisait de nouveau.

Mon voisin était un garde que j'ai déjà présenté

au lecteur. Richard était peu hardi, c'est-à-dire qu'il était presque timide, et ne prenait jamais son fusil qu'avec une grande répugnance. Cependant il faisait son possible pour dissimuler cette infirmité, et avait quelquefois la force de surmonter ses craintes. — Richard, voyant que je n'étais pas disposé à quitter ma place, fit quelques pas de mon côté, **et** il m'adressa la parole à voix basse :

— Ne voyez-vous rien ? me demanda-t-il.

— Oui, répondis-je, je vois des arbres et des buissons.

La conversation en resta là ; puis deux minutes après, Richard reprit :

— Il fait terriblement froid. J'ai les oreilles gelées.

— Moi, lui dis-je, j'ai très-froid aux pieds, mais nous pouvons marcher un peu dans la tranchée, si nous voulons.

Et, joignant l'exemple à la parole, je me mis à arpenter à grands pas dans l'espace que je surveillais avec Richard, qui en fit autant.

Ce dernier eut cependant un scrupule :

— Ne faisons-nous pas un peu trop de bruit ? me dit-il en s'arrêtant court.

— Non, non, marchons seulement.

Et nous continuâmes notre exercice. Nos trois autres camarades ne tardèrent pas à suivre notre exemple, et bientôt un bruit de pas, régulier, cadencé, rompit la monotonie de cette nuit d'hiver.

De temps en temps Richard m'adressait des questions.

— Que feriez-vous si l'ennemi arrivait ?

— Parbleu, je ferais feu !

— Ah !

Puis, une autre fois, il me demandait si la batterie de mon fusil jouait bien, ou bien il m'offrait de boire à sa gourde. Enfin, l'heure s'écoula sans incident, et nous fûmes relevés. Nous nous empressâmes alors de rejoindre nos camarades, auprès du feu, afin de faire une nouvelle provision de chaleur, qui nous permît d'affronter de nouveau le froid glacial de la nuit, lorsque onze heures seraient sonnées.

Cette heure de répit passa bien vite ; un vieux soldat de ligne, qui se trouvait là je ne sais comment, nous raconta tout au long ce qui s'était passé dans la journée du 30 novembre, sur le terrain que nous avions devant nous, entre Notre-Dame-des-Mèches et Montmesly. Le combat, disait-il, avait été furieux. Il avait fallu déloger les Prussiens de leurs tranchées, et cela à la baïonnette. A peine s'était-on emparé d'une tranchée, et se croyait-on maître du terrain, que les Prussiens, réfugiés dans une nouvelle tranchée, à 100 mètres plus loin, recommençaient leur feu meurtrier. Il fallait de nouveau les en chasser. Aussi, dans cette lutte, plusieurs bataillons perdirent le tiers de leur effectif, et c'est dans cette attaque que le général Ladreit de la Charrière tomba à la tête de ses troupes, percé de deux balles mortelles.

— Ces diables de Prussiens, disait notre vieux lignard, se battent bien tant qu'ils sont dans leurs trous. Mais sitôt qu'ils nous voyaient apparaître, ils cessaient de tirer, jetaient leurs fusils, et nous criaient : Prisonniers ! prisonniers ! Mais, ma foi, on ne les a pas tous faits prisonniers.... Ils nous avaient trop fait de mal !

— Vous n'en avez pourtant pas tué lorsqu'ils étaient désarmés ? lui demandai-je.

— Ma foi, je crois que oui, me répondit le lignard d'un drôle de ton.

— Ce serait un assassinat, ajoutai-je.

A ces paroles, plusieurs gardes de ma compagnie qui me tournaient le dos, se retournèrent brusquement, et me lancèrent des regards farouches. Le vieux soldat parut aussi très-étonné du mot d'assassinat que je venais de prononcer. Puis, enfin, un garde dit, sentencieusement :

— Les Prussiens le font bien ; pourquoi ne leur rendrait-on pas la pareille ?

Onze heures allaient sonner ; nous reprîmes nos fusils, et nous allâmes reprendre nos places dans la tranchée ; le froid avait encore augmenté, et un vent léger semblait se lever. Je regardai avec plus de curiosité encore la plaine qui s'étendait devant moi, cherchant à découvrir les tranchées ennemies, mais je ne pus rien distinguer nettement, une brume légère voilant tous les objets à une certaine distance.

Richard avait eu soin de se placer près de moi, comme la première fois, et il ne tarda pas à vouloir recommencer la conversation. Mais, au moment où, voyant que je restais immobile à ma place, adossé à la terre du parapet, il s'avançait vers moi, une détonation subite l'arrêta court. On venait de tirer un coup de fusil à 1000 mètres de nous, tout au plus.

Nous écoutâmes quelques secondes. Rien. Puis, un nouveau coup de feu se fit entendre, suivi d'une fusillade. Richard, se précipitant alors vers moi, me dit :

— Que faut-il faire ? c'est une attaque.

— Attendons, lui répondis-je. Et surtout, écoutons.

Cependant, tout en disant cela, j'armai mon fusil, et je regardai la plaine avec plus d'attention que jamais. Mais elle était toujours aussi déserte, et les grands arbres aussi immobiles. La fusillade s'arrêta alors, et tout redevint silencieux.

Que s'était-il passé ? L'ennemi avait-il essayé une

surprise sur notre gauche ? car les coups venaient
du côté de Creteil, ou bien était-ce simplement une
alerte, assez fréquente parmi les gardes nationaux?
Je ne savais qu'en penser. Cependant, mon inquiétude fut bien vite passée, et je cherchai à dissiper
celle de Richard, dont je voyais le visage ému, et
dont les mains étaient agitées d'un tremblement
nerveux. Nous nous mîmes à causer tout bas de
choses et d'autres, et l'heure s'écoula sans autre incident sérieux.

Dès que nous fûmes relevés, je cherchai à avoir
des renseignements sur ce qui s'était passé. Mais
nos camarades n'avaient rien entendu, et ils furent
fort étonnés d'apprendre qu'il s'était tiré des coups
de fusil près de là. Le sergent-major profita de la
circonstance pour faire remarquer qu'on faisait
beaucoup trop de bruit dans le poste, et recom-
manda qu'on fît un peu de silence, pendant qu'il
irait en patrouille, avec deux hommes, le long des
tranchées, pour savoir ce qu'il y avait.

Comme notre sergent-major allait partir en effet,
nous vîmes entrer dans notre étable un lieutenant
suivi de plusieurs gardes, qui faisaient une ronde,
et qui venaient du côté de Creteil. Il nous annonça
que les coups de fusil que nous avions entendus provenaient d'une alerte, et qu'il n'y avait pas à s'en
inquiéter, et il pria notre capitaine de faire recom-
mander aux sentinelles de ne pas tirer inutilement,

ces coups de feu isolés ne laissant pas que d'inquiéter les postes voisins.

La nuit se passa, comme toutes les nuits de garde, à causer et à fumer. On se pressait autour du feu, on se donnait du mouvement, on entourait le petit tonneau rouge, blanc, bleu de la cantinière. Les heures s'écoulèrent lentement. A six heures du matin, comme les premières lueurs du jour allaient paraître, une sentinelle de la tranchée fit appeler ; elle voyait quelque chose d'inquiétant dans les champs devant elle ; quelques gardes sortirent avec moi pour aller constater le fait ; il y avait en effet quelque chose ; c'étaient trois corbeaux qui, levés de grand matin, parcouraient déjà le terrain situé entre les avant-postes.

Nous eûmes, avant que la 4e compagnie vînt nous relever, des détails sur l'alerte de la nuit. Une compagnie du 214e bataillon, du quartier de Ménilmontant, était de garde, comme nous, devant Creteil. Un des factionnaires placé derrière un mur avait cru voir l'ennemi, et avait fait feu. Ses camarades, saisis de frayeur, avaient abandonné leur poste. Ce fut un sauve-qui-peut général. Ils avaient même laissé leur soupe, qui cuisait sur un petit feu discret, et, dans leur panique, s'étaient sauvés jusqu'à Creteil. Des soldats et des gardes nationaux étaient venus réoccuper le poste, et manger la soupe, qui fut déclarée de bonne prise, au milieu de l'hilarité générale.

Cet abandon d'un poste devant l'ennemi ne donna pas lieu à des poursuites bien sévères. Je pus lire, quelques jours après, l'ordre de blâme ci-dessous, de Clément Thomas, document qui montrera que la prétendue sévérité du commandant de la garde nationale n'était pas si excessive :

ORDRE.

Le commandant supérieur des gardes nationales est informé, par un rapport de l'officier qui commande les avant-postes de Creteil, qu'une section de la quatrième compagnie du 214ᵉ bataillon, détachée à ces avant-postes, s'est laissé entraîner, dans la nuit du 9 au 10 décembre, à une fausse alerte qui a *presque* dégénéré en panique. Après quelques coups de feu, cette troupe s'est précipitamment retirée en arrière du point qu'elle occupait aux avancées, et sur lequel a dû la ramener le capitaine de la compagnie.

La fermeté d'une troupe dépendant, en grande partie, de l'attitude et du sang-froid du chef qui la commande, le commandant supérieur ordonne qu'une enquête soit faite sur la conduite qu'a tenue, en cette circonstance, le lieutenant Fischer de la quatrième compagnie du 214ᵉ bataillon.

Quant aux hommes sous les ordres de cet officier, comme ils n'ont donné lieu à aucune plainte contre la discipline, et qu'ils ont réoccupé leur poste avec calme après cet incident, le commandant supérieur se bornera, pour cette fois, en ce qui les concerne, au blâme que leur inflige cet ordre du jour.

10

Il est d'autant plus pénible au commandant supérieur d'avoir à signaler de pareils faits, que les rapports qui lui parviennent sur la conduite, aux avant-postes, des nombreux bataillons qui les occupent, sont on ne peut plus satisfaisants.

Paris, le 13 décembre 1870.

Le général commandant supérieur des gardes nationales,

Clément Thomas.

Vers les dix heures, nous vîmes arriver notre compagnie, et nous fûmes relevés après les formalités prescrites. Nous reprîmes le chemin de Maisons-Alfort, où nous ne tardâmes pas à céder à la fatigue, et à aller chercher, sur nos couches, un peu de repos, que nous avions, certes, bien gagné.

CHAPITRE XV.

Protestation des tirailleurs de Belleville. — Je retourne à la tranchée. — Chasse aux légumes. — Le capitaine marseillais et la sentinelle. — Départ pour Paris. — Le 200ᵉ bataillon de marche.

Deux jours se passèrent dans une monotonie désespérante pour ma compagnie. Fumer, boire, manger, et se chauffer au poêle, telle était notre unique occupation, et notre seul souci. Chaque matin, il est vrai, des gamins, venant de Paris, nous apportaient des journaux ; mais en général ils n'avaient que la *Petite Presse* ou le *Petit Moniteur*, et nous avions bien vite dévoré les quelques nouvelles que ces petits journaux contenaient. Le troisième jour, cependant, je pus me procurer le *Réveil* ; il contenait une protestation des *tirailleurs de Belleville*, et cette protestation vint enfin jeter un peu de lumière sur certains faits demeurés obscurs pour moi. — Quoique je me sois promis d'éviter, dans ce petit volume, l'insertion de documents, affiches ou décrets, je crois cependant nécessaire de donner ici cette protestation. Celui qui la lira avec attention, y trouvera déjà des symptômes de la lutte qui devait éclater plus tard entre le prolétariat et la bourgeoisie parisienne. On comprend que Clément Thomas ait voulu étouffer ces germes de rebellion, en dissolvant, sous un prétexte quelconque, un des bataillons les plus énergiques du parti socialiste, mais il n'y réussit pas, et l'on verra plus tard, au contraire, qu'il paya de sa vie la faute d'avoir soulevé la haine des masses populaires.

Voici cette protestation :

« C'est une punition que le désarmement ; pour le soldat, c'est un stigmate de honte ; pour le citoyen un certificat d'incapacité et de faiblesse.

Une punition ne s'applique qu'à des coupables.

Et la culpabilité d'un homme ne ressort que d'un jugement.

On nous a jeté à la face les épithètes de lâches, de voleurs et de traîtres, et lors même que notre principal calomniateur, notre commandant, vient lui-même nous relever dans l'esprit de Paris alarmé, on maintient le décret lancé contre nous !

Non, nous ne sommes pas des lâches ! nous qui n'avons pas fui devant l'ennemi prussien, non plus que nous n'avions tremblé devant un autre ennemi presque aussi redoutable, le 31 octobre, à l'Hôtel-de-Ville. Non, nous ne sommes pas des lâches, nous qui sacrifions à la cause patriotique et notre temps et notre repos, et notre famille, et notre vie. Non, nous ne sommes pas des voleurs ! Non, nous ne sommes pas des traîtres surtout ! nous qui nous sommes révoltés à l'idée de l'armistice et avons, de notre manifestation, appuyé notre idée.

Nous ne sommes rien de tout cela ! Les lâches, les traîtres et les voleurs ne sont pas dans nos rangs, et pourtant, lorsque le sol est envahi par l'armée monarchique, on veut nous arracher le fusil républicain que nous n'avons pas déshonoré.

Jamais !

Nos armes sont à nous, nous les avons conquises sur le champ de bataille, où nous nous sommes dignement comportés ; nous ne les perdrons que sur le champ de bataille, si nous y tombons.

Nous ne vous donnerons pas nos armes.

Vous nous mettrez en prison, vous qui craignez bien plus nos idées avancées que notre lâcheté, à laquelle vous ne croyez pas !

Qu'importe la prison à ceux qui sont forts de leurs droits, et fiers d'un devoir accompli !

Vous nous condamnerez à mort, peut-être. Qu'importe ! Vos balles fratricides feront sortir de nos poitrines un sang qui sera la semence de vengeurs futurs, et écrasera les races monarchiques et aristocratiques, cléricales et bourgeoises, sous le souvenir des prolétaires injustement calomniés et martyrisés.

(Suivent les signatures.)

J'étais en train de commenter cette protestation avec mes camarades de la première escouade, lorsque nous fûmes avertis de nous préparer pour dix heures du matin ; notre tour était venu de retourner aux tranchées.

Le temps était heureusement bien changé ; le soleil avait fondu la neige, et brillait dans un ciel bleu. Il faisait encore très froid, mais tout annonçait un adoucissement dans la température.

A neuf heures, le clairon de la deuxième compagnie sonna le rappel, et à neuf heures et demie nous quittions Maisons-Alfort, pour nous diriger sur Notre-Dame-des-Mèches. Le sol était humide, boueux, mais le soleil égayait toute la campagne, et nous apercevions distinctement le plateau de Montmesly, dont les crêtes boisées dissimulaient les canons prussiens qui le défendaient.

Le poste fut relevé et des sentinelles furent postées dans la tranchée et dans la maisonnette crénelée, en avant de la tranchée. Mon tour de garde tomba cette fois de deux à quatre heures de l'après-midi, et en attendant, je pus examiner un peu les environs. La soupe fut mangée à midi, et son extrême fadeur nous inspira des désirs qu'il était aisé de satisfaire. En avant des tranchées, s'étendaient de superbes champs de choux, d'oignons et de pommes de terre, et de temps en temps on voyait un soldat de ligne se glisser dans les sillons, et, rampant à deux cents mètres tout au plus des sentinelles prussiennes, récolter une abondante provision de légumes. L'insipidité de notre soupe, et le succès des excursions des soldats de ligne, nous donnèrent l'envie de les imiter. Quelques gardes franchirent la tranchée, et, en rampant, gagnèrent les premiers champs de légumes. On les voyait, marchant à quatre pattes, arracher pommes de terre et poireaux, puis, quelques minutes après, revenir, chargés d'une belle provision de légumes, légumes gelés, il est vrai, mais qui n'en étaient pas moins appréciés. Ce nouveau succès engagea d'autres gardes à tenter l'aventure ; d'ailleurs les sentinelles prussiennes n'avaient pas l'air de s'inquiéter de ce qui se passait sous leurs yeux, à portée de leur fusil. Avaient-elles reçu l'ordre de ne pas tirer, ou était-ce compassion de leur part ? Je ne sais. Mais il y eut bientôt plus de deux cents soldats et gardes nationaux, qui, ayant dépassé les tranchées, récoltaient, piochaient et arrachaient tout ce qu'ils pouvaient raisonnablement prendre et apporter. Mais, au plus fort de la récolte, voilà que nous vîmes arriver un officier supérieur. C'était le commandant des avant-postes de Creteil. Dès qu'il aperçut les maraudeurs, il fronça les sourcils, et, appelant un clairon, il lui ordonna de sonner la retraite. Le clairon obéit, et à ce signal, les soldats de ligne revinrent précipitamment, et, un peu confus, regagnèrent leur poste, suivis du regard sévère du commandant. Les gardes nationaux ne se pressèrent pas ; malgré un second appel, ils finirent leur besogne et revinrent tranquillement vers nous ; le commandant leur dit alors :

— Il est défendu de dépasser la tranchée, et je punirai ceux qui enfreindront cet ordre.

Ces paroles, dites d'un ton sec, ne furent pas goûtées par les gardes ; les uns ricanèrent tout bas, d'autres haussèrent les épaules. Le commandant fit semblant de ne pas voir les mutins, et s'en alla.

A deux heures, j'étais à mon poste dans la tranchée, l'arme au pied, causant avec mes voisins. A ma gauche, j'avais le père Anselme, le plus vieux garde de la compagnie, entré comme volontaire infirmier, mais faisant tous les exercices du soldat. C'était un excellent homme, instruit, quoique simple ouvrier menuisier, et profondément honnête. Je l'avais toujours vu protester contre tous les actes de déprédation de ses camarades, et empêcher, autant qu'il le pouvait, le pillage et la destruction qui avait lieu un peu partout. — La sentinelle qui était à ma droite, était un ouvrier typographe, de 25 ans, intelligent, et grand causeur ; il se nommait Renaud, et j'appris par lui bien des choses curieuses. Il était Parisien pur sang, né et élevé à Paris. Il avait travaillé dans toutes les grandes imprimeries de la capitale, et avait des anecdotes à raconter sur chaque auteur connu, et sur tous les principaux journalistes. Il travaillait de temps en temps dans les imprimeries de journaux, et il m'invita à venir le voir, une fois rentré à Paris, aux adresses qu'il me donna.

Comme nous étions à causer rédacteurs de journaux et imprimerie, un vieux capitaine de la ligne, Marseillais, vint se promener dans la tranchée. Il observait nos sentinelles, et marmottait quelques paroles en secouant la tête. Je vis qu'il critiquait notre tenue. Il s'arrêta vers un garde qui avait posé son fusil sur le talus de terre qui bordait la tranchée devant nous, et qui s'amusait à mettre en joue. Le capitaine le regarda un instant, puis, s'avançant d'un pas, il lui dit, d'un ton qui n'avait rien de sévère, mais d'un accent que je n'oublierai pas :

— Eh! conscrit, tu ne sais pas monter la faction! Donne ton fusil, ze vas te montrer comme moi ze fais....

Et le capitaine lui prit son fusil des mains, et continua :

— D'abord té! ze me promène comme cela, l'arme au bras ; ze regarde dans la plaine, ze vois quelque soze, ze me dis : c'est un Prussien ! ze sarze mon fusil et ze vise ; ze vois que la soze elle bouze pas, ze me dis : c'est un arbre ! ze désarme mon fusil et ze me repromène tranquillement ; ze regarde d'un autre côté, ze vois quelque soze, ze me dis : c'est un Prussien ! z'arme mon fusil, ze vise ; ze vois que la soze elle bouze, ze tire, ze le tue et ze me repromène tranquillement. Et voilà, té, conscrit, comment ze monte la faction.

Pendant cette scène comique, nous écoutions de toutes nos oreilles ; c'était réellement d'un haut grotesque que de voir ce brave Marseillais expliquer comment il montait la faction, et joindre le geste à la parole. Nous avions grand peine à cacher nos rires. Quant au capitaine, sa leçon terminée, il se moucha gravement, puis, d'un air satisfait, il quitta la tranchée.

Pendant tout le reste de notre faction, Renaud s'amusa à contrefaire l'officier Marseillais, et il nous fit rire aux larmes. Enfin, nous fûmes relevés, et nous allâmes dans notre étable rejoindre nos camarades, et leur aider dans les apprêts d'une soupe gigantesque, dans laquelle les oignons, les navets et les poireaux n'étaient pas épargnés. Ce fut un vrai régal lorsque ce potage fut servi, et comme il y en avait une énorme marmite, tout le monde en eut suffisamment. Ce n'est que lorsqu'on a été sevré de légumes pendant plusieurs semaines, qu'on en éprouve le besoin, et qu'on sait apprécier ces aliments si sains, et si nécessaires à la santé.

Le temps qui s'était radouci, l'abondance relative de nos provisions, nous mettaient en gaieté. Cette gaieté augmenta encore vers le soir par l'arrivée du sergent-major, qui nous apportait deux choses qu plurent à tout le monde : d'abord, la solde, puis la nouvelle qu'un bataillon viendrait nous relever le lendemain, et que par conséquent nous partirions dans la même journée pour Paris. Cette nouvelle nous fit un vif plaisir, et j'allai me coucher le cœur plus gai que d'habitude.

En effet, le lendemain, vers les 9 heures du matin,

nous vîmes arriver, au lieu d'une compagnie du 85ᵉ, un détachement de gardes nationaux du 103ᶜ bataillon, et nous fûmes relevés de suite. Nous quittâmes sans regret notre étable, et nous nous dirigeâmes à grands pas vers Maisons-Alfort, où nous trouvâmes le reste du bataillon occupé des préparatifs du départ. Tout fut bientôt prêt, et à deux heures de l'après-midi, le 85ᵉ quittait le village, et une heure après, faisait son entrée triomphale dans Paris. Nous avions de bons clairons et de nombreux tambours, et c'était réellement un beau spectacle que ce bataillon, marchant au pas, hérissé de brillantes baïonnettes, qui suivait les quais, poursuivi par les acclamations de la foule. Enfin, nous arrivâmes sur la place Saint-Sulpice, où, après quelques communications de nos fourriers, nous fûmes licenciés.

J'ai appris plus tard que nous aurions dû être remplacés à Creteil par le 200ᶜ bataillon, au lieu du 103ᵉ. Mais le rapport suivant, adressé par le général Clément Thomas au gouverneur de Paris, rapport qui parut dans tous les journaux, m'apprit la cause de son absence aux avant-postes.

Paris, le 16 décembre 1870.

Monsieur le Gouverneur,

Le 200ᵉ bataillon est sorti aujourd'hui de Paris pour aller occuper les avant-postes de Creteil. Je reçois de M. le général commandant supérieur à Vincennes la dépêche suivante :

« Chef de bataillon du 200e ivre ! La moitié au « moins des hommes ivres ! ! Impossible d'assurer « le service avec eux. Obligation de faire relever « leurs postes. Dans ces conditions, la garde natio- « nale est une fatigue et un danger de plus. »

J'ai l'honneur de vous demander la révocation du chef de bataillon Leblois, commandant du 200e bataillon.

CLÉMENT THOMAS.

Approuvé :

Le Gouverneur de Paris,

GÉNÉRAL TROCHU.

CHAPITRE XVI.

Ordre du jour du commandant du 85e. — La misère et les tribunaux. — Les pigeons prussiens. — Sortie du 21 décembre. — Les Prussiens bombardent le plateau d'Avron. — Une visite de Lacroix. — Récit de ses tribulations.

Le soir même de notre retour, Antonin, Villaret et Monaski se retrouvèrent dans ma chambre, et nous passâmes ensemble toute la soirée. Nous avions devant nous quelques jours, peut-être quelques semaines de repos, et il fut convenu que, pour éviter des frais multiples, une seule de nos chambres serait chauffée, et qu'elle serait notre lieu de réunion habituel. Ma chambre, étant la plus grande, fut choisie pour cet effet, et dès le lendemain, un feu joyeux flamba dans ma cheminée.

Mais le bois sec était horriblement cher ; on ne pouvait même pas toujours s'en procurer ; le gouvernement venait enfin de songer à faire faire des coupes de bois pour parer aux besoins de la population et il vendait ce bois encore vert à des prix plus modestes. Mais il était bien difficile de l'allumer, et il fallait absolument du bois sec pour faire un feu convenable. Aussi, lorsque, malgré toute notre bonne volonté, nous eûmes découvert qu'il nous en coûterait au moins trois francs par jour pour chauffer convenablement notre chambre, sans compter le temps considérable qu'il fallait pour allumer le feu, nos projets durent être un peu changés, et il fut décidé, après réflexion, que nous ne ferions plus de feu que le soir.

Le lendemain de notre retour à Paris, notre commandant fit publier l'ordre du jour suivant, qui ne flatta pas peu les gardes nationaux du 85e.

Paris, le 16 décembre 1870.

Citoyens des compagnies de guerre du 85e bataillon, vous venez de fournir votre premier service de guerre hors des remparts, et vous en avez supporté les fatigues pendant ces jours rigoureux avec le calme et la fermeté qui accusent des hommes de cœur et de devoir.

J'avais ce sentiment, et je désirais vous le faire connaître, persuadé qu'il serait pour vous un témoignage de justice bien accueilli. Toutefois j'attendais l'appréciation de l'autorité militaire, et votre commandant est heureux et fier de vous la transmettre.

Voici la lettre d'adieu que j'ai reçue du colonel Le Mains, commandant supérieur de Creteil :

« Commandant,

» Je regrette le départ de votre bataillon ; j'espère le » voir revenir. Ayez l'obligeance de dire à tous combien » j'ai été satisfait de la façon dont le service a été fait en » général. »

Capitaines, officiers, sous-officiers et gardes, nous ne

pouvions avoir une plus haute récompense de nos efforts à remplir le devoir, et vous puiserez certainement dans cette appréciation de votre conduite l'ardeur de faire mieux encore pour l'honneur et le salut de la république et de la France.

Vive la république !

La misère était déjà fort grande dans certains quartiers. Le froid surtout était pénible à supporter. Aussi, la nuit, des malheureux coupaient les arbres des promenades, ou détruisaient même les baraquements destinés aux soldats ; il fallait du bois à tout prix ; dans mon quartier, toutes les clôtures qui entouraient des terrains vagues, ou des bâtiments en voie de construction, furent enlevées. D'autres pauvres diables cherchaient, en pêchant dans la Seine, à ajouter un plat de plus à leur dîner, si dîner il y avait. Je voyais tous les jours une longue file de pêcheurs, alignés sur le quai inférieur, entre le Pont-Neuf et le Pont des Arts, et restant là, des heures entières, malgré le froid et le mauvais temps. Prenaient-ils du poisson ? Mystère.

Les tribunaux avaient aussi à juger de nombreux cas de vols produits par la rareté des vivres et du bois de chauffage. Tantôt c'était un individu condamné pour avoir volé et mangé le chien du voisin, ou la chatte de la portière, tantôt c'était un pauvre diable qui avait mis en coupe réglée un ou plusieurs arbres appartenant à la ville. On les condamnait à la prison, et la plupart des condamnés ne demandaient pas autre chose. Au moins leurs repas étaient maintenant assurés.

Le général Clément Thomas demanda encore, à cette époque, le 15 décembre, la dissolution d'un bataillon de la garde nationale, les *Volontaires du 147e* ; ce bataillon, qui avait reçu pour quatre jours de vivres, et qui devait partir pour Rosny, refusa de marcher ; à l'heure fixée pour le départ, 109 hommes seulement se présentèrent, et la plupart avaient négligé de prendre leur arme ; ils alléguaient différents motifs de refus, disant entre'autres que la solde de 75 centimes pour les femmes des gardes n'avait pas été payée. Malgré les explications qu'on leur donna, ils maintinrent leur décision, et le général Trochu décréta la dissolution du bataillon.

Les journaux parlaient chaque jour des armées de province, et les pigeons qui pouvaient entrer dans Paris apportaient des nouvelles encourageantes. Les Prussiens avaient bien repris Orléans, il est vrai, mais on comptait beaucoup maintenant sur les armées de Bourbaki et de Faidherbe, dont on discutait les positions. L'ennemi, pour s'amuser sans doute, ayant capturé des pigeons dans des ballons tombés dans ses lignes, les avait relâchés porteurs de dépêches sinistres : *Population rurale en partie connivence avec les Prussiens. — Faites bien que les*

Parisiens sachent que Paris n'est pas la France.
Personne n'avait donné dans le panneau, et je fus
étonné du peu de bon sens qui avait guidé les Prussiens dans cette mystification. Au reste, je suppose
que ce tour a été fait sans l'assentiment des chefs
supérieurs allemands. Les ballons se fabriquaient
sur une grande échelle ; la gare du Nord et celle
d'Orléans avaient été transformées en ateliers de
confection d'aérostats. Les fonderies de canons et
d'obus travaillaient aussi jour et nuit, et les mou-
lins ne cessaient pas de réduire en farine tout ce
qui était susceptible de l'être ; orge, riz, pois, fé-
cule, son, tout fut mélangé, et il fut permis d'espérer que Paris pourrait, grâce à ces mélanges,
tenir quelques semaines de plus qu'on ne l'avait
calculé.

Chaque jour, nous entendions le canon des forts,
et l'on attendait une nouvelle sortie ; enfin le 21
décembre, nous apprîmes que les généraux Vinoy
et Ducrot avaient tenté un nouvel effort. Tandis
qu'un corps d'armée attaquait et enlevait à l'est
Neuilly-sur-Marne, Ville-Evrard et la Maison-Blan-
che, protégé et soutenu par l'artillerie du plateau
d'Avron et des forts de Rosny et de Nogent, un
autre corps d'armée attaquait le village du Bourget,
dont la possession était fort désirée par les Parisiens, je ne sais trop pourquoi. Un bataillon de ma-

11

rins enleva à la baïonnette la moitié du village, et fit une centaine de prisonniers ; puis, n'étant pas soutenu, et accablé par les obus prussiens *et par les obus français* (1), il dut abandonner sa position, après avoir perdu trois cents hommes. Il serait difficile de dépeindre l'irritation des Parisiens à cette nouvelle. On s'en prenait à tout le monde, même au mauvais temps. On ne savait à quoi attribuer ces insuccès répétés. Mais un événement considérable vint mettre le comble à l'étonnement et à l'irritation.

On se rappelle les services rendus pendant les journées de Champigny par le feu des batteries du plateau d'Avron. Ces batteries avaient encore contribué au succès de l'attaque des villages de Neuilly-sur-Marne et Ville-Evrard. Ce plateau, reconnu ainsi comme important au point de vue stratégique, puisqu'il avait fait ses preuves, devait naturellement être mis à l'abri d'une attaque. On savait que, sur les hauteurs du Raincy, l'ennemi avait des batteries, et il fallait être en mesure de lui tenir tête. On eut un mois (du 26 novembre au 26 décembre) pour y exécuter des travaux de défense, fossés et casemates. Rien ne fut fait, aucun abri ne fut construit. Le 27 décembre, une nouvelle alarmante se répandit dans Paris : les Prussiens bombardent les

(1) Du fort d'Aubervilliers.

forts de Rosny et de Noisy. Puis, le lendemain on apprend que le plateau d'Avron, le fort de Nogent et Bondy sont bombardés également, et avec une fureur inouïe. Les journaux essaient alors de remonter le moral ébranlé. « Les forts répondent énergiquement, disent-ils, et l'on démonte coup sur coup les pièces prussiennes. Le plateau d'Avron tient bon, et fait beaucoup de mal aux batteries ennemies. » Hélas! le plateau d'Avron tenait si bien, que dès la nuit du 28 au 29, à peine vingt-quatre heures après le premier obus lancé contre lui, il fallait l'évacuer, la pluie d'obus (5,000 en un jour, disait-on) qu'il recevait l'ayant rendu intenable. On apprit cette retraite au moment où tous les journaux vantaient sa position, et le déclaraient invulnérable. Qu'on juge de la consternation que cette nouvelle répandit dans Paris !

Ce grave événement, qui n'était, chacun le sentait, que le prélude d'événements plus graves encore, fut, comme on le pense bien, l'objet de notre entretien ce jour-là, 29 décembre. Antonin, surtout, était horriblement découragé, et dès ce jour, il considéra la partie comme perdue. Quel triste nouvel-an nous avions en perspective ! Peut-être demain, le bombardement de la ville commencera ? Les Allemands seraient-ils de cette force-là ? Ou bien attendront-ils encore ?

Nous étions en train de discuter ces questions,

lorsqu'un pas lourd se fit entendre dans l'allée qui conduisait chez moi ; puis une crosse de fusil résonna sourdement sur les briques du palier, et on heurta vigoureusement à ma porte.

J'allai ouvrir.

L'individu qui entrait, et que je ne reconnus pas d'abord, était bizarrement vêtu. Une petite casquette, munie d'une énorme visière, nous cachait en partie sa figure ; son pantalon gris bleu était enfermé dans de hautes guêtres de cuir, et il avait pour manteau une pièce d'étoffe carrée, percée d'un trou au milieu, et qui s'emboîtait sur les épaules : tel était le costume sous lequel se présentait chez moi mon ancien camarade Lacroix, ex-Eclaireur, et actuellement caporal dans les francs-tireurs du commandant de Poulizac.

— Salut, citoyens ! dit-il en entrant.

— Tiens, c'est toi, Lacroix ! m'écriai-je en me reculant d'un pas pour mieux l'examiner. — D'où tombes-tu ?

— Oh ! c'est toute une histoire, me répondit Lacroix. Mais je veux d'abord te demander une chose : As-tu quelque chose à manger ? Je meurs de faim.

— Je n'ai rien ici, lui dis-je. Mais attends un instant, je t'aurai vite trouvé quelque chose.

Et j'envoyai l'obligeant Ski acheter un demi kilogramme de boudin de cheval, et j'allai moi-même chercher un litre de vin chez le marchand voisin, à qui j'empruntai en outre un peu de pain. Deux minutes après, Lacroix était installé devant son modeste souper, et cinq minutes plus tard, boudin, pain et vin avaient disparu. Mon pauvre camarade n'avait rien mangé depuis vingt-quatre heures.

Lorsque je le vis un peu rassasié, et qu'il eut allumé sa cigarette, je lui répétai ma question :

— D'où viens-tu ?

— Ecoute, me dit-il, je m'en vais te raconter ça. Tu sais que ma compagnie était campée, il y a un mois, près du fort de Rosny ; après l'affaire de Champigny, notre capitaine nous fit descendre sur Bondy, et nous allâmes habiter, avec les éclaireurs de Poulizac, les dernières maisons du village, près de la route de Metz. Tu connais?

— Oui.

— Eh bien, un jour, Poulizac... tu connais Poulizac?

— Oui, un peu.

— Un grand bel homme, et surtout militaire. Poulizac, donc, entend parler d'une petite reconnaissance que j'avais faite au Raincy, dans le parc de Louis-Philippe ; il me fait demander, et m'offre d'entrer dans sa première compagnie, et avec mon grade. J'accepte, et me voilà des Eclaireurs..... As-tu du feu, ma cigarette s'est éteinte ?

— En voilà, s'écria Ski, et si vous voulez du tabac, j'en ai à votre service.

— Merci, dit Lacroix. Ce n'est pas de refus. Je dis donc que me voilà des Eclaireurs. Nous échangeons des coups de fusil avec la Maison grise, que tu connais. Puis voilà un beau jour les batteries prussiennes qui commencent à cracher. Les obus passent par dessus nous, et tombent sur Noisy. D'autres vont sur le plateau d'Avron et sur le fort de Rosny.... Il te faudrait voir comme il est arrangé, ce pauvre fort ! Ah ! ah ! ah !... — Et Lacroix se mit à rire aux éclats.

— Qu'est-ce qui vous fait rire ? lui demanda Antonin étonné. Il me semble qu'il n'y a là rien de risible.

— Mais oui, c'est risible, continua Lacroix en riant toujours ; ces imbéciles de Français qui n'ont jamais voulu croire ce que je leur disais ; quand je leur ai parlé des batteries du Raincy, que j'avais vues, moi qui vous parle, ils m'ont toujours ri au nez ; eh bien, moi, je ris à mon tour.

— Vous n'êtes donc pas Français, lui demanda encore Antonin.

— Si, je suis Français, et de Sedan, encore ; mais je déteste les Parisiens avec leur blague et leur vantardise ; nous avons trois Parisiens dans ma compagnie, eh bien, ce sont les plus mauvais soldats qu'on puisse voir, et pourtant on les a déjà mis un peu au pas.

— Continue donc ton récit, Lacroix, lui dis-je.

— Les obus commencèrent donc à tomber sur les forts ; ce fut bon pour le premier jour ; mais voilà que, dès le lendemain, c'est-à-dire hier, nous entendons les obus se rapprocher, puis tout à coup... broum ! Un obus qui tombe sur une maison à côté de la nôtre. On écoute un peu... Broum ! Un autre obus ! Il tombe devant notre maison. Nous entrons alors dans les caves, en attendant qu'il y ait des ordres. Mais ces diables de Prussiens pointaient sur les maisons que nous occupions, et il fallut partir. Au moment où nous sortons rapidement pour nous replier sur Noisy-le-Sec, voilà que les forts, sans doute pour protéger notre retraite, nous envoient obus sur obus, et nous sommes obligés de nous fourrer dans d'autres caves pour éviter les obus français ! Nous avons été forcés de rester ainsi vingt-quatre heures, entre deux feux, et par un bombardement en règle. Aussi Bondy n'existe plus. Au bout de ces vingt-quatre heures, pendant lesquelles nous n'avons mangé qu'un chien entre soixante hommes, nous avons pu gagner Noisy. Mais il tombait aussi des obus sur Noisy, et il fallut se replier sur Romainville. De là, j'ai filé, laisant ma compagnie, pour venir me reposer un peu à Paris, car ma blessure me fait mal.

— Quelle blessure ? demanda Ski.

— Un coup de baïonnette au mollet, répondit

Lacroix en lui montrant sa jambe, où se voyait une cicatrice mal fermée.

— Comment avez-vous attrapé ça ?

— C'est dans ma petite course au Raincy, parbleu, fit Lacroix. Croyez-vous qu'on enlève un poste de douze hommes sans recevoir quelques horions.

La conversation continua quelque temps, et Lacroix nous donna encore quelques détails sur l'étrange bombardement de Bondy. Ce fait était si peu croyable, que malgré les assertions de Lacroix, je n'y ajoutai entièrement foi que lorsqu'il me fut confirmé par d'autres francs-tireurs, qui avaient été victimes de cette incroyable méprise.

Nous nous séparâmes de bonne heure. Lacroix nous promit qu'il reviendrait le lendemain, pour aller avec nous chez notre sergent-major ; il voulait quitter les Eclaireurs pour entrer dans la garde nationale, et il entrerait de préférence dans le 85e bataillon.

CHAPITRE XVII.

Bombardement du fort de Rosny.— Communication du gouvernement. — Le plateau d'Avron. — La mortalité dans Paris.— Cherté des vivres. — Les optimistes. — La *Vérité* et le *Gaulois*. — Un club à Belleville.

Le lendemain, Lacroix vint de bonne heure me trouver dans ma chambre, et je le questionnai encore sur le bombardement des forts de l'Est et du plateau d'Avron. J'eus, du reste, dans un journal de ce jour, d'amples détails sur ce qui s'était passé lors de l'ouverture du feu des batteries ennemies. Le bombardement d'Avron avait été formidable, et les obus, avant qu'on eût eu le temps d'évacuer toutes les pièces, avaient brisé et démonté plusieurs affûts. La troupe, blottie dans les tranchées, n'était pas à l'abri des projectiles, et comme il n'y avait ni retranchements, ni épaulements, ni casemates, il était devenu absolument indispensable d'abandonner sans retard le plateau.

Le fort de Rosny avait reçu le 27 les premiers

obus ; le 29, les pièces qui tonnaient sur Avron, maintenant évacué, réunirent leurs efforts sur le malheureux fort, aussi le nombre des projectiles fut considérable ; heureusement les dégâts causés ne furent nullement en rapport avec la masse de fonte envoyée. En cinq heures, cent cinquante-cinq obus tombèrent sur la caserne de gauche, et de huit heures du matin jusqu'à six heures du soir, près de deux mille projectlies tombèrent dans l'enceinte, sur l'escarpe et sur la contre-escarpe. Chose curieuse, ce feu inouï ne causa que peu de pertes d'hommes, le plus grand nombre des soldats de la garnison étant parfaitement à l'abri dans les casemates. Trois ou quatre marins et six artilleurs furent blessés, et il y eut, ce jour là, un seul tué,

Les journaux du samedi 31 décembre contenaient une communication officielle sur l'abandon du plateau d'Avron, qui jeta un nouveau trouble dans les esprits, et le rapport militaire du 29 acheva de stupéfier les Parisiens. J'entendais partout des plaintes, on parlait même de trahison. Laisser prendre le plateau d'Avron ! Pourquoi ne l'avait-on pas mieux armé ? On avait eu un mois pour cela !

Voici cette fameuse communication :

Communication du Gouvernement.

Le bombardement commencé le 27 a continué le 28. L'ennemi a dirigé contre nous le feu de ses bat-

teries de gros calibre et couvert de plusieurs milliers de projectiles de 24 les forts de Rosny, de Noisy,
de Nogent et le plateau d'Avron. En ce qui regarde
les forts, leurs garnisons n'ont eu, en réalité, que peu
à souffrir. Selon l'usage, les hommes qui n'étaient
pas de service avaient reçu l'ordre de se retirer dans
les casemates blindées. Aussi, malgré la quantité
d'obus lancés par l'ennemi on ne compte qu'un tué,
dix blessés et quelques contusionnés.

Il n'en pouvait être de même au plateau d'Avron.
Cette position, entièrement découverte, n'offre à
nos soldats, en dehors des tranchées de campagne
dont elle est entourée, aucun abri naturel. Toute la
journée le plateau a été labouré par le tir de huit
batteries convergentes. Le Gouverneur s'est rendu
sur les lieux ; il a visité les tranchées, encouragé
les soldats, et donné les ordres nécessaires.

*L'emploi, par l'ennemi, de moyens nouveaux et
très puissants, nous obligera sans doute à modifier
notre système de défense.* Selon toute probabilité,
c'est le bombardement qui commence, le bombardement par les fameux canons Krupp, tant de fois an-
noncés. Mais tout a été prévu, dès le début du siége,
même les extrémités auxquelles pourrait se porter
l'assiégeant, quand il en viendrait à éprouver des
doutes sur la possibilité de prolonger le blocus.

Malgré des pertes sensibles, les troupes, d'abord
un peu étonnées, ont soutenu avec fermeté cette
attaque violente, et d'un caractère tout à fait inat-
tendu pour elles.

Le rapport militaire du 29 décembre contenait
cette phrase :

« Nos pièces, moins puissantes que les canons
Krupp, *ayant dû renoncer à faire feu*, le plateau
est devenu tout à fait intenable pour l'infanterie. »

Pour bien comprendre la stupéfaction des Parisiens à la lecture de ces lignes-là, il faut se rappeler qu'ils lisaient chaque jour dans leurs journaux que les pièces de marine valaient bien les Krupp, et que les marins étaient les premiers pointeurs du monde. Et puis, on avait dit et répété que le plateau d'Avron était imprenable, et « qu'il ferait longtemps parler de lui sous le chaume prussien ! » Et le 29 encore, au moment même où le plateau était évacué complétement, l'*Opinion nationale*, dont chacun connaissait les inspirations plus ou moins officielles, imprimait ces lignes :

Mercredi soir, 29 décembre.
Veut-on comprendre l'importance d'une forte position, bien choisie, bien *préparée ?* (!) Considérez, d'une part, les énergiques efforts d'artillerie que les Prussiens dirigent, à deux reprises différentes, contre le plateau d'Avron ; et, d'autre part, constatez les effets minimes et *même nuls* de cette canonnade furieuse qui dure depuis deux fois douze heures.

Et le bon Parisien qui venait de lire ces consolantes paroles, rassuré sur le sort du plateau d'Avron, prenait le *Rapport militaire*, du même jour, et y lisait la phrase que je viens de citer : « *Nos pièces, etc.*

Il y avait bien de quoi être étonné.

L'année nouvelle s'annonçait sous de tristes auspices ; aux malheureuses nouvelles militaires, il fallait ajouter les détresses de la classe pauvre, causées par le prix toujours croissant des denrées, grâce à l'infâme trafic de beaucoup de négociants parisiens, grands et petits. Puis le froid et les maladies allaient en augmentant. Dans la semaine du 19 au 24 décembre, le chiffre des décès s'était élevé à 2,728, sur lesquels il y avait 388 cas de mort par la variole, 11 de scarlatine, 19 de rougeole, 221 de fièvre typhoïde, 14 d'érysipèle, 172 de bronchite, 147 de pneumonie, 73 de diarrhée, 30 de dyssenterie, 3 de choléra, 6 d'angine couenneuse, 11 de croup, 6 d'affections puerpérales, et 1,627 d'affections chroniques ou accidentelles.

La variole suivait une marche progressive ; des cas de tétanos étaient signalés ; enfin un grand nombre de soldats étaient journellement atteints de congélation, pendant les gardes qu'ils montaient par les nuits glaciales de décembre.

Comme pendant à ce tableau, voici un aperçu des prix des comestibles de la Halle à la date du 25 décembre :

Un très petit chou, 3 fr. — un gros chou, 5 fr. Les poireaux, 6 fr. la botte. Les carottes à fr. 3»50 la livre ; les oignons à fr. 3»50 le litre ; les navets à fr. 3 la livre ; le céleri à fr. 3 la botte.

Les volailles à la criée, ce jour-là, furent vendues :

deux poules, 51 fr. ; deux oies 140 fr. ; un dindon,
70 fr. ; un lapin, 30 fr.

Mais heureusement, le Parisien assombri par ces
tableaux de maladie et de famine, trouvait toujours
par-ci par-là, dans les journaux, des optimistes qui
étaient là pour relever les courages, et pour faire
voir les choses en rose. Je trouvai dans le *Gaulois*
du 28 décembre le petit « fait divers » suivant, signé
Edouard Dangin :

« Ceux qui ont vu, il y a trois mois, les approvisionnements en farine entassés sous la coupole,
sous les voûtes circulaires et dans les greniers de
la halle aux blés, peuvent revenir maintenant ; ils
verront que les approvisionnements, si sensible-
ment diminués ces jours derniers, sont remontés à
l'ancien niveau.

« Lorsqu'on voit ces vastes amas de farine et
qu'on pense à tout ce qu'il y a encore de grain aux
gares de chemin de fer, *on peut affirmer que nous
avons du pain au moins pour trois mois.* »

Une autre fois c'était un entrefilet amusant, une
blague, qui ne manquèrent pas un jour pendant
le siége. Je cueille encore ceci dans le *Gaulois :*

« Plusieurs citoyens anglais restés à Paris ont
fêté Noël au café Voisin.

Voici le menu de ce dîner du 99ᵉ jour de siége ;
nous le copions textuellement :

Potage. Saint-Germain.

Entrée. Cotelettes de loup chasseur.

Rôts. Chats garnis de rats rôtis sauce poivrade.
Chameau rôti.

Entremets. Salade de légumes, Cèpes à la bordelaise.

Plum-pudding au rhum !

Dessert varié. »

Mais tous les journaux n'étaient pas optimistes. M. Edouard Portalis, dans la *Vérité*, écrivait même parfois des choses très décourageantes. Voici ce que je lus dans un des numéros de la fin de décembre :

« Nos gouvernants ne pensent pas un mot des fables qu'ils nous débitent. Prenez l'un d'eux par le bras, et demandez lui entre quatre-z-yeux, la main sur la conscience, s'il pense la moindre chose de la proclamation qu'il a signée le matin : vous verrez sa figure se rembrunir, et il ne tardera pas à vous avouer qu'il est tout à fait démoralisé. Si vous insistez, il vous répondra par une fin de non-recevoir, ou par un « Que voulez-vous que j'y fasse ? » Parlez-lui d'une action militaire énergiquement conduite et habilement dirigée, il haussera les épaules d'un air incrédule. — Alors dites-lui d'entrer en négociations, de ne pas attendre la dernière extrémité pour se trouver ensuite à la merci de l'ennemi ; il vous dira que si le gouvernement tentait quelque chose de semblable, il serait aussitôt écharpé par le peuple. — Cette réponse m'a été faite, et pas plus tard que hier.

Si au moins ils se roidissaient contre le malheur qui nous étreint, s'ils agissaient ! mais non ! Ils vous disent froidement qu'ils tenteront un dernier effort pour sauver l'honneur des armes, mais sans espoir de succès. Ils n'ont ni but défini, ni plan arrêté ; ils marcheront comme un homme ivre jusqu'au jour où leur pied glissera dans le précipice. »

Le *Gaulois* se fâchait alors en voyant de pareils
aveux chez son confrère de la *Vérité*, et il appelait
cet article une mauvaise action, ce qui ne l'empêchait
pas lui-même, de dire, quelques lignes plus bas :

« Ce n'est pas que nous soyons si faciles aux illusions que M. Portalis le prétend. Des illusions, nous
n'en avons plus guère, nous voyons parfaitement
l'abîme qui s'ouvre à vingt pas de nous ; mais il ne
s'agit pas ici d'intérêt, il s'agit de devoir, et de devoir étroit. Nous n'avons pas le droit, nous, Paris,
de nous rendre avant le terme fatal marqué par la
nécessité des choses. Nous devons à la province de
l'attendre. Tant pis pour elle si elle ne vient pas. »

Voyons maintenant, pour terminer, ce qu'on dit,
à la même époque, dans un club bellevillois, à la
salle Favié ; l'orateur, après avoir anathématisé
Clément Thomas et Trochu, qui ont fait désarmer
les tirailleurs de Belleville, termine ainsi :

« On veut nous pousser à bout, citoyens ! On veut
une émeute à Belleville. Et savez-vous pourquoi on
veut une émeute ? Parce qu'on veut se rendre,
parce qu'on veut livrer Paris aux Prussiens. (C'est
cela !) Mais nous ne ferons pas d'émeute, nous
ajournerons notre vengeance, car nous voyons
clair dans le jeu de Trochu, ou, pour mieux
dire, du gouvernement occulte dont Trochu n'est
que l'instrument (Oui ! les jésuites !). Nous ne
capitulerons pas. (Non ! non !) Nous attendrons
plutôt les Prussiens comme les Romains attendaient les Gaulois sur leurs siéges curules ; seulement il faut empêcher les membres du gouvernement de s'en aller en ballon et de nous laisser

en plan, il faut *coller* des factionnaires à leurs portes (applaudissements et rires) et sauter tous ensemble (oui! oui!); nous brûlerons Paris et nous
ferons une trouée après. (Tonnerre d'applaudissements.)

CHAPITRE XVIII.

Les tribunaux pendant le siége. — Pillage sur le champ de
bataille de Champigny. — Tableaux de mœurs de la garde
nationale.

J'aurais donné au lecteur une idée incomplète de
la physionomie de Paris pendant le siége, si je ne
parlais pas des tribunaux, et des jugements rendus
dans différentes causes. On comprend que la faim
et le froid aient amené beaucoup de malheureux sur
les bancs de la police correctionnelle ; tantôt c'était
le vol d'un chat ou d'un chien, tantôt le vol d'arbres ou de palissades. Les pauvres diables de prévenus se défendaient de leur mieux, en produisant
leur seule excuse : c'est la faim ! ou : c'est le froid !

Mais, à côté de ces jugements, qui émaillent chaque jour les colonnes des grands journaux, il y en
a d'autres de curieux, de caractéristiques, et qui
trouveront sans doute place dans un livre plus
étendu que celui-ci. Sans parler des nombreux cas

d'ivrognerie, de vol, de menaces ou voies de fait envers un supérieur, qui se produisent fréquemment, on le conçoit, dans une armée de 350,000 hommes, il y en a d'autres plus tranchés, et dont je voudrais donner une idée au lecteur. Je dois me borner cependant à n'en reproduire ici que quelques-uns, mais qui en diront plus que des chapitres sur les scènes qui se passaient dans et autour de Paris pendant le mois de décembre 1870. Ce sont de petits tableaux de mœurs instructifs et bons à connaître.

Voici, devant le conseil de guerre du 1er secteur, un ancien soldat, circonstance qui accroît sa culpabilité ; il est journalier.

Incorporé dans le 188e bataillon, Foissy ne fait pas partie des bataillons de marche, ayant dépassé l'âge. Il se serait, après les combats héroïques de Champigny, glissé aux avant-postes.

Avait-il été délégué pour la mission pieuse d'aller ramasser les blessés ? Nous voulons croire le contraire.

Ce qui n'est malheureusement que trop certain, c'est que le 6 décembre il revenait des champs de bataille porteur d'effets de toute sorte, de ceinturons, de sacs : il cherchait à vendre ces effets, qui portaient les matricules de l'armée de ligne ; il y avait même une tunique ensanglantée, portant des trous de balles, qui avait été arrachée à un soldat blessé ou mourant.

Rien de plus douloureux et de plus odieux. M. Maraut, commissaire de la République, pénétré d'indignation en présence de ces actes hideux, n'hésite pas à requérir la peine de la réclusion contre l'homme qui aurait poussé la barbarie et la convoitise jusqu'à dépouiller un de nos héroïques combattants, qui n'était peut-être que blessé.

Dans sa préoccupation, le vautour aurait, d'un coup de couteau, coupé le ceinturon que le gonflement du corps ne lui permettait pas de dégrafer.

Le conseil n'a admis que le vol simple, et a condamné le garde national Foissy à trois années d'emprisonnement.

L'affaire suivante rentre un peu dans le même ordre de choses, mais est cependant moins grave :

Quatre femmes se disant cantinières, mais joignant à ce métier celui de brocanteuses, comparaissent devant la 9e chambre.

L'une d'elles s'appelle la femme Bataillon. Elles sont prévenues de complicité de vol par recel. Elles ont reçu en don ou acheté à vil prix d'un certain nombre d'artilleurs des objets mobiliers, enlevés par ceux-ci des maisons abandonnées à Champigny et dans d'autres localités situées près des lignes de l'ennemi. Un homme, le nommé Bertrand, partage la prévention.

Quant aux six artilleurs prévenus de pillage, ils ne paraissent pas. Ils sont hors de l'enceinte, dans les rangs de l'armée. Une femme également prévenue est dans le même cas ; elle suit comme cantinière les combattants et partage leurs dangers.

Le tribunal, en ce qui les concerne, remet l'affaire au premier jour.

M. le président, à la fille Rouge, l'une des prévenues. — D'où provenaient les objets saisis entre vos mains ?

La prévenue. — Je les ai achetés à des artilleurs.

M. le président. — Où ?

La prévenue. — A la ferme-modèle, entre Gravelle et Joinville.

— M. le président. — Vous saviez bien que des artilleurs ne pouvaient posséder légitimement des meubles, des articles de ménage, des tentures ; vous vous doutiez assurément que ces objets si disparates provenaient de pillage.

La prévenue. — Je ne savais pas. Tout le monde en achetait ; c'était comme une foire. J'ai vu des objets à usage de femme ; je les ai marchandés.

M. le président. — A usage de femme, une pomme....
en cristal, une pomme d'escalier, deux pièces de fonte ou-
vragées, une pipe en écume, un revolver. (On rit.) Vous
achetiez tout cela pour le revendre.

La prévenue, avec un soupir. — Oh ! il y en a qui ont
fait de bien meilleurs marchés que moi, des robes magnifiques, des tapis !...

M. le président. — Quelle belle occasion si vous aviez
eu plus d'argent ! (Nouveaux rires.) Avouez pourtant que
ces artilleurs vendant des robes ont dû vous inspirer
quelques soupçons. C'étaient évidemment des robes dé-
robées.

La prévenue. — J'ai fait comme tout le monde, je ne
croyais pas mal faire.

Les autres prévenues font des réponses analogues.

M. le substitut Laval soutient la prévention.

Cette affaire, dit-il, démontre une fois de plus combien,
dans les temps troublés où nous vivons, les notions sur la
propriété sont faussées.

Parce que des maisons se trouvent momentanément
abandonnées, on croit que les gens qui les habitaient ont
renoncé à leur droit de possession d'immeubles et d'objets
mobiliers, et l'on pille sans scrupule, en apaisant les ré-
voltes de sa conscience par ces mots : « Si nous ne pre-
nons pas cela, l'ennemi le prendra. » Les prévenues ont
acheté à vil prix les objets volés ainsi ou se les ont fait
livrer à des conditions que le tribunal doit bien supposer.
Elles ne pouvaient en ignorer l'origine ; elles sont donc
complices de recel.

Bertrand, qui se dit cantinier, est un maraudeur de
profession. Condamné à six mois de prison pour vol, il a
été gracié à l'occasion de la fête du 15 août dernier. Cette
faveur, on le voit, ne l'a pas amendé.

La fille Bataillon est renvoyée des fins de la plainte.

Le tribunal condamne Bertrand à quatre mois d'emprisonnement ; la fille Rouge à un mois ; les filles Brenant
et Ménard, à six jours de la même peine, et tous les quatre
solidairement à la moitié des dépens.

Voici maintenant un tableau d'un autre genre ; cette scène s'est répétée dans bien des quartiers de Paris :

AUDIENCE DU 9ᵉ SECTEUR.

Les faits ont presque le caractère d'une rébellion.

Les accusés sont au nombre de dix. Ils appartiennent au 176ᵉ bataillon (quartier Mouffetard).

C'était le 29 novembre, vers 3 heures du soir ; le bataillon qui avait été de rempart la nuit précédente fut réuni sur la place d'Italie. Après 2 heures d'attente, le commandant arrive du secteur et donne l'ordre de faire rompre les rangs, attendu qu'il y avait contre-ordre.

Des vociférations se font alors entendre contre le commandant :

— A la trahison ! à bas le commandant, à bas le mouchard de Trochu, et autres aménités du même genre.

— C'étaient des hurlements, dit un témoin. On ne s'en tint pas là ; on serra de près le commandant, on le bouscula.

Le capitaine Werquin voulut intervenir pour protéger le commandant ; on lui arracha le fourreau de son sabre, on lui donna des coups de crosse dans le dos. Les plus acharnés criaient : Fusillons-le ! fusillons-le.

Par bonheur les mutins, quelque bruit qu'ils fissent, était en très-faible minorité. La poursuite ne les a peut-être pas tous atteints, mais la plupart de ceux qui sont aujourd'hui sur la sellette ne nient pas la part qu'ils ont prise à la mutinerie.

— Je ne dis pas, dit l'accusé Singal, que je n'aie pas crié « à bas le commandant » ; mais j'étais chaud de vin.

Tous ses coaccusés peuvent en dire autant : ils étaient chauds de vin, et c'est au fond des verres qu'ils avaient découvert que le général Trochu était un traître.

M. le président. — Et tout cela parce qu'était arrivé un contre-ordre qui vous contrariait.... Et c'est en vous conduisant ainsi, dans la situation douloureuse où nous sommes, que vous voulez sauver le pays !

Aucun des accusés ne convient avoir croisé la baïonnette sur le capitaine, pas même le garde Yvon, qui aurait été le plus acharné contre son chef.

— Moi, dit le garde Yvon, j'étais à l'écart ; je réfléchissais où je pourrais bien aller chercher des liqueurs ; les dernières que le capitaine m'avait vendues n'étaient pas bonnes.

M. le président. — Mais vous étiez de ceux qui serraient le capitaine de plus près lorsqu'on l'emmenait.

Yvon. — Par hasard, c'est alors qu'il suivait le même chemin que moi.

Le capitaine Werquin. — Yvon était un des plus acharnés ; je ne m'explique guère son acharnement contre moi, car je lui avais rendu service. Je suis distillateur ; la cantinière de la compagnie, qui depuis est devenue la femme du citoyen Yvon (sourires), avait voulu se fournir chez moi. J'avais refusé sa clientèle, on en comprend le motif. Je ne voulais pas qu'on pût croire que je voulais exploiter mon grade de capitaine au profit de mon commerce. Je préférai prêter à la citoyenne Yvon (elle n'avait pas encore ce titre) 30 francs pour aller s'approvisionner ailleurs.

M. le président. — Et pourtant, c'est l'accusé qui, parlant de vous, vous signale par ces mots « cette crapule de Werquin ! »

Le capitaine. — Je crois que ces mots sont de l'accusé Singal.

Tous les accusés sont reconnus par le commandant Vezin, à l'exception de Demare qui est acquitté.

Les autres, reconnus coupables, sont condamnés : Singal, Faure et Taphalecha à six mois d'emprisonnement ; Vimeux, Tiempont, Yvon, à trois mois ; Pottier et Desprès à un mois.

Le conseil ordonne l'affichage du jugement dans les vingt mairies.

Enfin, pour clore, voici deux récits, choisis entre mille, qui montreront comment certains gardes nationaux entendaient la liberté et faisaient la police à la même époque :

Un soir, à l'exercice, un garde dénonce au capitaine M... MM. Bunel père et fils, qu'il accusait d'être des agents prussiens, et cela sur la dénonciation du concierge de la maison qu'ils habitent, le sieur Sachot. « Que faut-il faire ? » demande le capitaine M... aux hommes de sa compagnie. « Les arrêter, parbleu ! » crie-t-on tout d'une voix. Sitôt dit, sitôt fait. Après l'arrestation, un adjudant-major part avec deux hommes au domicile des soi-disant Prussiens, et s'y conduit comme un véritable agent de l'ancienne police.

Il procède à une perquisition en règle, tient en séquestre Mme Bunel, à ce point de ne pas lui permettre de s'éloigner pour satisfaire un besoin naturel, à quoi cette malheureuse femme est obligée en présence de ses trois gardiens. Ce n'est qu'à grand'peine qu'elle peut sortir ensuite un instant afin d'aller chercher à manger pour ses enfants. L'adjudant-major n'a que cette réponse à faire au président qui lui reproche cette odieuse conduite : « L'ordre était absolu ; je l'exécutais à la lettre. »

Ce qui vaut au capitaine M... un mois de prison, sans préjudice de six jours précédemment prononcés contre lui pour mauvaise gestion (nous sommes polis) des intérêts financiers de sa compagnie.

Voici une seconde violation de domicile, mais cette fois l'arbitraire se complique de circonstances qui sont à la fois des plus graves et des plus bouffonnes. En d'autres temps, on eût pu voir dans ce petit tableau des mœurs de la garde nationale, tableau de genre, l'imbroglio d'un vaudeville, mais aujourd'hui, encadrée dans les tristes circonstances qui étreignent la capitale, cette affaire perd son caractère romanesque et grivois, pour prendre un caractère des plus tristes, et les accusés sont menacés d'une sévère pénalité.

CONSEIL DE GUERRE DE LA GARDE NATIONALE.

8ᵉ secteur.

Audience du 15 décembre.

Le premier accusé était sergent-major lors des faits qui motivent l'accusation. Il a, depuis la poursuite, été élu capitaine d'une compagnie de marche. François a servi honorablement dans l'ex-garde impériale. Il est aujourd'hui attaché à l'administration du chemin de fer de l'Ouest. C'est un homme de cœur et de courage, bien qu'il ait eu une heure de faiblesse.

Le second accusé, Weber, était lieutenant. Il est

également ancien soldat et même ancien sergent de ville, circonstances qu'ignoraient probablement ses électeurs.

Le troisième accusé, Teste, était capitaine. Ces trois chefs appartenaient à la 5ᵉ compagnie du 146ᵉ bataillon.

Tous trois viennent répondre d'un acte de violation de domicile et de l'arrestation arbitraire opérée sur la personne d'une « petite dame » qui répond au nom de Wilhelmine Barbier, dite Mina, qui serait née en Bavière et en tous cas parle l'allemand, et qui, sous l'influence de libations de kirschwasser, se disait Prussienne, mais dont, en réalité, la nationalité et la vertu paraissent quelque peu douteuses.

Le drame a plusieurs scènes : la première est des plus gaies ; elle se passe dans un restaurant de la route d'Orléans.

Au nᵒ 2 de la route d'Orléans existe une sorte de cabaret-restaurant. C'est là qu'à la date du 11 novembre, entre 7 et 8 heures du soir, se trouvaient réunis, pour dîner en commun, sept gardes nationaux appartenant au poste de la gare du chemin de fer de Sceaux, et qui avaient réuni leurs soldes pour faire un meilleur repas. A vrai dire, le chiffre du piquenique dépassait singulièrement celui de l'indemnité quotidienne destinée pourtant à être partagée avec la famille de chaque garde ; mais on est trop habitué à ces excès pour s'en étonner.

A une table voisine se trouvaient deux « petites dames » qui s'étaient préparées pour le dîner par le verre d'absinthe : c'étaient Wilhelmine Barbier, dite Mina, — l'héroïne de l'aventure, — et son amie Louise Rouzet.

Nos gardes nationaux remarquèrent ces dames, qui ne désiraient rien tant que d'être remarquées.

Ils leur offrirent de partager leur dîner. Sans que l'invitation fût acceptée, les tables se rapprochèrent. La conversation devint générale ; elle avait le ton des plus grivois sans effaroucher ces dames. Le café est pris en commun ; après le café vinrent les flacons de kirsch. Dénoncée par son accent germanique, Mina prétendit qu'elle était Prussienne.

— En ce cas, vous êtes à nous ; vous êtes notre prisonnière. Mina ne s'en défendit pas autrement. Un des gardes nationaux entendait l'allemand et chanta une chanson bavaroise que Mina connaissait.

On voit d'ici le tableau : à mesure que se vidaient les flacons de kirsch, les gardes nationaux se montraient plus empressés. Ici nous reproduisons le rapport de M. le capitaine Ernest Chaudé :

« Mina Barbier, émue, troublée, se trouva indisposée. Elle monta à un certain cabinet. Le sergent-major l'y suivit et voulut y pénétrer. Mina appela au secours. Louise Rouzet chercha à protéger son amie ; elle fut saisie par le bras et repoussée vivement par le sergent François. »

Les deux petites dames se retirèrent. Louise courut à un omnibus et fut poursuivie par plusieurs gardes. L'un d'eux l'arrêta par sa robe. Un autre la menaça ; il croyait sans doute n'être que galant : il était brutal. Pendant ce temps, Mina Barbier s'échappa. Elle fut poursuivie par le sergent François. Arrivée au n° 39 du boulevard d'Enfer, elle repousse vivement la grille qui ferme la maison, avertit le concierge qu'elle est poursuivie, monte rapidement chez elle et se couche sans lumière.

Cette première scène n'est que le prologue d'une autre plus grave ; c'est ici que commencent les faits qui ont donné lieu à l'accusation.

Le sergent François resté sur le trottoir était déçu

et furieux, Il frappe violemment et avec tant d'insistance, que le portier se lève :

« — Que voulez-vous ?

« — Vous avez ici une Prussienne, ouvrez. »

Le portier refusant d'ouvrir, le sergent François retourne au poste, raconte à son capitaine qu'il a dîné avec une Prussienne qui tenait des propos hostiles au Gouvernement.

— Eh bien, dit le capitaine, voyez ce qu'il en est.

Le sergent ne demandait pas autre chose.

Il part avec quatre hommes et le lieutenant Schneider, qui devait servir d'interprète.

Il est juste de dire que le lieutenant Schneider, qui s'apercevait que l'émotion du sergent n'était pas seulement patriotique, n'était pas d'avis de faire l'expédition chez Mina la Prussienne. Mais l'avis des gens sensés prévaut rarement. D'ailleurs le capitaine avait donné l'ordre ; il crut de sa dignité de le maintenir. Tout ce que put obtenir le lieutenant Schneider c'est que les hommes partissent sans fusil pour cette expédition. C'était un ridicule de moins.

L'escouade arrive au n° 39, boulevard d'Enfer.

— Au nom de la République ; ouvrez.

Cette fois, le portier, intimidé et jugeant toute résistance inutile, ouvre la porte.

Les gardes nationaux gravissent jusqu'à la mansarde de Mina. Là on donne force coups de poing et coups de sabre. Résistance passive. Le sergent envoie chercher du renfort.... — pas un de ces détails qui ne soit constaté par M. le capitaine rapporteur Ernest Chaudé ; — les nouveaux gardes nationaux sont armés ; la crosse des fusils retentit lourdement sur le palier sonore (tout tremblait dans la maison). Mina résiste, elle refuse d'obéir à la République et à la loi.

On délibère. Enfoncera-t-on la porte de Mina ? On décide qu'il est plus légal d'envoyer chercher un serrurier. Dans la maison du serrurier on rencontre de la résistance, et là encore c'est au nom de la loi et de la République qu'on obtient le concours de l'artisan qui vient crocheter la porte de Mina.

La porte crochetée, tous les gardes nationaux entrent, Mina était couchée et toute en larmes. Elle supplie, implore la pitié, proteste de son innocence ; elle n'est pas Prussienne ; elle s'était *vantée ;* elle avait voulu rire.

— Au surplus, ajouta-t-elle, je sais bien pourquoi on vient ; c'est une vengeance du sergent qui croit avoir à se venger, et pourtant il devrait bien savoir que j'avais mes raisons.., je ne veux de mal à personne, etc.

Pendant ce temps les gardes nationaux qui se trouvent dans la première pièce s'impatientent ; ils crayonnent des inscriptions plus que grivoises, puis ils font irruption dans la chambre de Mina.

— Allons, levez-vous, la belle ; voici votre jupon... Voulez-vous que nous vous le mettions... et sur ce thème les quolibets vont leur train. Mina pleure toujours et les gardes nationaux sans pitié rient de ses larmes.

Enfin l'expédition réussit.

Le sergent François emmène sa captive peu vêtue. Trois factionnaires sont laissés dans la maison.

Arrivée de Mina au poste. Autre tableau : la plus grande confusion règne dans le poste. Les uns approuvent l'arrestation, d'autres la critiquent. Le lieutenant Schneider s'en lave les mains. Il fait plus, il refuse de signer le procès-verbal.

Mina s'évanouit à plusieurs reprises. Par bonheur,

arrive vers 8 heures du matin, un adjoint du maire, qui prend sur lui de remettre en liberté la prétendue Prussienne.

Un capitaine d'état-major, de ronde dans la nuit, avait interrogé Mina et constaté qu'elle avait surpris les mots d'ordre et de ralliement.

Wilhelmine, dite Mina, est le premier témoin entendu. Elle a 17 ans; si elle a quelque beauté, c'est celle du diable. A vrai dire, rien de séduisant. Décidément le pauvre sergent avait bu trop de kirsch.

Mina raconta les amabilités de ces messieurs de la garde nationale.

La scène de la mansarde est racontée dans tous ses détails : l'un de ces «messieurs» voulut, dit Mina, me mettre mon pantalon. Quant au sergent François, il avait commencé par être galant, puis pressant, puis brutal. Son expédition est un acte de dépit amoureux.

Louise, l'amie de Mina, est plus réservée; elle est moins jeune. Elle trouve que les gardes nationaux ont dépassé parfois les limites permises de la galanterie.

Le commandant du bataillon rend le meilleur témoignage du sergent François. « Je voulais le proposer, dit-il, comme officier payeur. » C'est un homme probe et intelligent. Renseignements également excellents sur l'ex-capitaine Teste qui, bien que n'ayant pas été réélu, n'en fait pas moins partie des compagnies de marche comme simple soldat. C'est un homme animé du vrai patriotisme. Comme on dit dans sa compagnie : il a du sang.

L'accusé François déclare qu'il regrette amèrement ce qui s'est passé dans cette soirée.

Son imagination s'est échauffée; il avait fini par

être persuadé qu'il avait affaire à une Prussienne, à une espionne. Influence détestable du kirsch, il en était venu à croire que c'était arrivé.

J'étais convaincu, dit-il, que je faisais une capture importante et que cette femme qui savait des chansons allemandes était une Prussienne venue dans ce restaurant pour espionner. — Au ton dont s'exprime l'accusé, je ne jurerais pas qu'il ne le croit pas encore quelque peu.

*
*   *

M. Albert Martin, commissaire de la République, fait la part exacte des torts de chacun. Il regrette que les trois accusés soient tous trois d'anciens soldats. C'est peut-être à cette circonstance qu'il faut attribuer l'assurance qu'ils ont montrée et qui n'a d'égal que leur ignorance. Qu'ils sachent donc bien, ainsi que tous les gardes nationaux, que le domicile du citoyen est inviolable, que c'est la première et la plus sacrée de toutes les garanties.

Et avec cette éloquence sobre et élevée qui convient à sa fonction, M. Albert Martin s'élève contre ces deux fléaux qui pourraient paralyser les plus nobles élans, l'ivresse et l'ignorance, et adjure les gardes nationaux de montrer plus de calme et de réflexion. Autrement, au lieu d'être un pouvoir protecteur, la garde nationale deviendrait un élément d'alarme pour la cité.

Me Weber présente la défense de son homonyme, l'accusé Weber qui est acquitté.

MMes Lelaunier et Arnal défendent Teste et François, condamnés chacun, par la plus large application des circonstances atténuantes, à 6 jours de prison.

L'audience est levée à 7 heures.

CHAPITRE XIX.

Un ensevelissement dans mon quartier. — Le festin du nouvel-
an. — Le bombardement. — Agitation populaire. — « Le
gouverneur de Paris ne capitulera pas. » — Un article du
Moniteur de la guerre.

Dans la matinée du 1er janvier 1871, nous allâmes,
Villaret, Lacroix et moi, trouver notre sergent-major, et Lacroix, en sa qualité d'ancien Eclaireur,
fut incorporé séance tenante dans notre deuxième
compagnie. Puis, en revenant à la maison, nous
assistâmes au défilé d'un immense convoi funèbre,
en tête duquel marchaient M. Hérisson, maire du
VIe arrondissement, et ses adjoints, MM. Jozon et
Lauth. Puis venaient d'autres fonctionnaires muni-
cipaux, et un détachement de la garde civique de
l'arrondissement. Ensuite, l'arme basse, suivaient
un corps d'officiers du 6e bataillon des mobiles de
la Seine, et un petit détachement de tous les bataillons de la garde nationale du quartier. — Nous

apprîmes bientôt quelles étaient ces dépouilles
mortelles qui se dirigeaient lentement vers Saint-
Sulpice. Il y avait trois jours, un groupe d'officiers
était réuni dans une petite maisonnette du plateau
d'Avron, au moment où les obus prussiens faisaient
rage. Ces officiers prenaient le café, et plaisantaient.
Tout-à-coup la faible toiture de la maisonnette s'ef-
fondre, et un obus énorme vient éclater au milieu
du groupe joyeux. Deux capitaines, un lieutenant
et un sergent-major furent foudroyés, et un éclat
alla tuer encore, à quelque distance, l'abbé Gros,
qu'on enterrait le même jour, dans un autre quartier de Paris. Les quatre victimes écrasées par l'o-
bus étaient celles que nous venions de voir passer
dans quatre chars funèbres.

Les journaux de ce jour nous apprirent que les
deux éléphants du Jardin d'acclimation, Castor et
Pollux, avaient vécu. La rareté du fourrage, et l'é-
norme consommation qu'en faisaient ces deux gigan-
tesques animaux était la cause de leur mort. Le
tenancier de la *Boucherie anglaise*, qui avait déjà
acheté les autruches, les castors, les kangourous, les
cerfs, les chevreuils, et tant d'autres animaux condamnés à mort pour cause de rareté de vivres,
avait acheté les deux éléphants pour 27,000 francs,
et un habile tireur fut chargé de les abattre, au

13

moyen de balles explosibles, qu'ils logèrent dans la poitrine des colosses.

Le gouvernement avait eu la bonne idée de faire une distribution de vivres aux habitants des vingt arrondissements de Paris, en l'honneur de la nouvelle année, et des affiches annoncèrent qu'on allait mettre à la disposition des mairies : 104,000 kilog. de viande de bœuf conservée ; 52,000 kilog. de haricots secs ; 52,000 kilog. d'huile d'olive ; 52,000 kilog. café vert en grains, et 52,000 kilog. de chocolat.

Une autre affiche, collée sur tous les murs, contenait une proclamation du général Trochu, dont le ton était décourageant d'un bout à l'autre. De son côté, le général Clément Thomas annonçait qu'un grand effort allait être tenté prochainement, et que la garde nationale serait menée tout entière à l'ennemi, côte à côte avec la ligne et la mobile.

On sentait donc qu'il fallait agir ; une partie de la population commençait d'ailleurs à s'agiter ; on se plaignait toujours de l'inertie du gouvernement, et de l'incurie des administrations. J'entendais les femmes, les ménagères se répandre chaque jour en plaintes sur la mauvaise organisation des boucheries, des boulangeries, des chantiers de bois. Partout il fallait faire une ou deux heures de queue, dans la rue, par un froid excessif, et pour avoir quoi ?

Quelques grammes de viande de cheval, ou bien deux bûches de bois vert. Dans les quartiers populeux de Belleville et de Ménilmontant, l'émeute grondait sourdement, et l'on savait que si le gouvernement ne sortait pas de sa torpeur, il en serait tiré malgré lui par le peuple.

J'ai appris, plus tard, que le général Trochu ne croyait pas pouvoir exécuter une sortie et traverser les lignes ennemies, sans le concours d'une armée de province, qui eût pu tendre la main dès les premiers jours à l'armée de Paris. Le gouvernement partageait cette conviction, et je compris alors ses indécisions et le peu d'efforts qu'on fit pour rompre les lignes d'investissement, sachant qu'il ne fallait guère compter sur les armées de province, refoulées maintenant par les Prussiens.

La commission des barricades, présidée par Henri Rochefort, s'était émue du bombardement des forts, et dans une proclamation au peuple parisien, elle invita chaque ménage à confectionner et à préparer deux sacs, remplis de terre, sacs destinés, en cas d'assaut, à former promptement des barricades. Une quantité de femmes de mon arrondissement confectionnèrent de ces sacs par centaines ; mais ils ne devaient pas être employés contre les Prussiens ; chose bizarre, ils servirent à élever les barricades de la Commune, contre le gouvernement qui les avait fait faire.

Les quatre premiers jours de janvier se passèrent dans une fiévreuse attente. Mais aucun mouvement militaire ne se fit ; le 2, l'ennemi avait fait sauter la Tour-aux-Anglais, près du plateau de Châtillon, ce qui indiquait une future attaque de ce côté. En effet, le 5, par un épais brouillard, les batteries ennemies du sud commencèrent enfin leur feu. De sourdes détonations se firent entendre, et bientôt on apprit que d'énormes obus tombaient sur les forts de Montrouge, de Vanves et d'Issy.

Vers le soir, l'ennemi pointe quelques pièces sur la ville, et les premiers obus viennent jeter la terreur dans les quartiers voisins des remparts. L'émotion est à son comble dans Paris ; le bombardement commence et les vivres vont manquer ; il faut absolument tenter un grand coup ; les journaux s'indignent. A cela, Trochu répond par une magnifique proclamation, qui finit par cette phrase fameuse : « Le gouverneur de Paris ne capitulera pas ! »

———

Voici un de ces articles virulents, paru dans le *Moniteur de la guerre*, qui peint l'esprit de Paris à ce moment critique :

RIEN, TOUJOURS RIEN !

Chanzy se bat, Bourbaki se bat, Faidherbe se bat, Garibaldi se bat.

Toute la France debout et en armes, se bat.

Le gouvernement de l'Hôtel-de-Ville fait des proclamations et des discours.

Il nous crie, sur tous les tons : fortifiez vos cœurs, grandissez vos courages, et il laisse nos soldats se fatiguer par les veilles, les privations, l'intempérie des saisons et surtout s'énerver dans l'inaction.

On nous dit que le général Trochu a un plan.

Nous ne sommes pas dans le secret des dieux.

Nous ne sommes pas de grands hommes de guerre.

Mais nous savons, comme tout le monde, qu'un plan se révèle par ses résultats,

Par une action incessante vers un même objectif.

Est-ce que depuis quatre mois il s'est produit rien de semblable ?

Est-ce qu'on a engagé une action à fond, tantôt sur un point, tantôt sur un autre ?

Est-ce qu'on a inquiété l'ennemi par des sorties incessantes ?

Est-ce qu'on l'a gêné dans l'exécution de ses travaux ?

Deux ou trois tentatives, à de rares intervalles, sans résultat appréciable, sans lien entre elles ; voilà tout ce qui peut être porté à l'actif de ceux qui nous commandent.

Et nous avons à Paris une armée de plus de trois cent mille hommes.

Nous sommes aussi nombreux que les assiégeants.

Nous avons une artillerie formidable !

Nous avons des forts pour protéger notre retraite !

Il n'est pas une bicoque assiégée qui soit restée dans cette quiétude et ce repos asiatique.

A Strasbourg on a fait des sorties.

A Belfort on a fait des sorties.

Et dans ces deux villes les garnisons ne comptaient qu'une poignée d'hommes !

Est-ce que vous trouvez que l'armée de Paris manque de soldats?

Qu'elle est trop jeune ?

Tant vaut le chef, tant vaut l'armée.

Les troupes de province n'étaient ni plus vieilles, ni plus aguerries.

Ceux qui les commandent ont eu plus de confiance, plus d'audace et plus d'énergie, voilà tout.

La vérité, c'est que vous êtes tous enfoncés dans le militarisme jusqu'au cou,

C'est que vous ne croyez qu'à la discipline de caserne,

C'est que vos généraux sont trop vieux,

C'est qu'ils n'ont pas la foi dans le succès,

C'est que la routine et le formalisme vous tuent.

Il y a dans l'armée de Paris cent jeunes colonels qui pourraient nous sauver ; mais ils n'ont pas d'autorité, mais leurs conseils ne sont pas écoutés.

Leur confier un commandement serait bouleverser toute la hiérarchie militaire.

Périsse la France ! mais que les règlements sur l'avancement soient observés.

Que diraient nos jeunes généraux de la première République s'il pouvaient un instant sortir de leur tombe ?

Que diraient les Hoche, les Moreau, les Kléber, les Bonaparte, s'ils assistaient à un pareil spectacle ?

Heureusement que la France a assez de vitalité pour supporter même vos fautes.

Puisqu'elle ne peut pas se sauver avec vous, elle se sauvera malgré vous.

Le 6, les détonations devinrent plus fréquentes ; j'entendis, pendant la nuit, le bruit sourd que faisaient en éclatant, les obus prussiens qui tombaient du côté de Montrouge et de la chaussée du Maine.

C'était bien le commencement du fameux bombardement tant de fois annoncé. L'ennemi attaquait simultanément les trois forts qui défendent Saint-Denis, les forts de Romainville, Noisy, Rosny et Nogent, et les forts du sud. Le bruit courait même que le Mont-Valérien avait reçu quelques obus.

Mais la première émotion passée, un calme relatif se produisit. Les habitants des quartiers bombardés se replièrent dans les quartiers du centre, et on attendit avec impatience les événements.

CHAPITRE XX.

Les obus dans Paris. — Bombardement de mon quartier. — Les victimes. — Bruits de trahison. — Réponse du général Trochu. — Le journal l'*Univers*. — Spécimen de la prose de ce journal.

Dans la soirée du 8, nous étions réunis, comme d'habitude, dans ma chambre, nous entretenant des nouvelles du jour. Dix heures allaient sonner ; c'était l'heure où les obus prussiens commençaient à tomber plus fréquents. En effet, des détonations, pareilles à celles du tonnerre, se firent bientôt entendre ; les obus se rapprochaient de nous.

Tout à coup, un sifflement sourd, puis aigu, se fait entendre. Nous nous levons précipitamment. C'est un obus prussien qui vient de passer par dessus notre toit. Je me précipite à la fenêtre, je l'ouvre et aussitôt une formidable explosion retentit. L'obus venait d'éclater dans une rue voisine.

J'entendis alors des pas précipités dans la rue,

des portes qui se fermaient, des fiacres qui passaient au triple galop. Puis le silence se fit dans le quartier.

Nous allions avoir notre part du bombardement. Les obus prussiens pouvaient donc atteindre jusqu'à nous ; c'était un trajet de deux lieues que devait faire le projectile, des batteries de Châtillon à la Croix-Rouge.

Nous restâmes un moment stupéfaits ; un second obus passa, puis un troisième ; de minute en minute, ils se succédèrent, sans interruption, tombant à des distances plus ou moins éloignées de nous. C'était sérieux, et quoique chacun de nous fît des efforts pour cacher son inquiétude, la gaieté ne revint pas de la soirée, et nous allâmes nous coucher, inquiets, mais curieux de connaître les effets de ces terribles engins de destruction.

Au point du jour, c'est à dire, à sept heures du matin, je me levai, et réveillant Antonin et Villaret, je les invitai à faire une course dans notre quartier. Villaret seul m'accompagna, et nous explorâmes un grand nombre de rues. Personne ne pouvait nous renseigner. On ne savait pas où les projectiles étaient tombés. Quelques-uns s'étaient enterrés sans éclater dans le jardin du Luxembourg, d'autres avaient frappé le Panthéon, mais sans laisser de traces graves. L'obus prussien, éclatant en frappant un corps très dur, ne perçait pas un mur en pierre de taille, et les éclats avaient fait plus de mal que l'obus lui-même.

Je n'eus des détails certains que par les journaux du soir, qui nous apprirent que l'hôpital de la Pitié avait reçu plusieurs obus, qui avaient tué une femme et blessé deux autres. Rue Monsieur-le-Prince, rue Mouffetard, des projectiles avaient éventré des maisons. Rue Saint-Jacques, une charbonnière fut coupée en deux.

Dans mon arrondissement, les rues Vavin, de Rennes, du Cherche-Midi, d'Assas, rues qui avoisinaient la mienne, reçurent des obus ; d'autres tombèrent rue du Bac, rue de Babylone. Enfin, il serait trop long d'énumérer ici tous les bâtiments atteints dans cette nuit néfaste. Les journaux publièrent des protestations de médecins des hôpitaux atteints, et l'on vit paraître des détails bien tristes. Par exemple, je détachai, ce jour-là, ce petit entrefilet, de l'*Avenir national :*

« Dans la triste nomenclature des victimes, donnée par le *Journal officiel*, on voit figurer, pour la journée du 8 au 9, *deux enfants tuées*, rue Victor Cousin. Ces deux pauvres victimes sont les deux filles de M. Legendre, l'une âgée de treize ans, l'autre de huit ans. Leur mère est la fille de M. Aimé Paris, l'un des auteurs de la méthode musicale Galin Paris Chevé. Ces enfants étaient couchés dans le même lit, dans une chambre voisine de celle de leurs parents, quand un obus les a broyées toutes les deux. En entendant l'effroyable explosion, le père et la mère se précipitèrent dans la chambre des pauvres petites, où ils furent témoins de la catastrophe qui venait de les frapper. On a emporté la mère folle de douleur. »

Pendant la journée, le bombardement du quartier Latin fut suspendu ; et l'ennemi ne recommença que le soir, à dix heures. Etait-ce par un reste d'humanité, et ne voulait-il pas, en bombardant le jour des quartiers si populeux, risquer de tuer tant d'innocents ? Je ne sais. Quoiqu'il en soit, le bombardement de Paris fut un acte sauvage, et n'a aucune excuse, puisque les généraux prussiens savaient que la ville assiégée devait fatalement se rendre dans quelques jours, et qu'ils avaient vu que l'armée de Paris était incapable de les attaquer avec succès.

Le lendemain de ce jour, un bruit singulier courut dans Paris. On parlait de trahison, de généraux arrêtés, pour avoir vendu à l'ennemi le secret des opérations militaires. Puis on précisait l'accusation ; on désignait le général Schmitz comme le plus compromis. Et, partout, dans la rue, dans les ateliers, chez les marchands de vin, l'on disait :

— Nous serons donc toujours trahis ! Pourquoi d'ailleurs confier le secret des opérations à un général Schmitz ? Schmitz est un nom allemand, on devait s'en défier !

Mais une proclamation du général Trochu vint réduire à néant toutes ces bruits et toutes ces accusations. « Une trame abominable, disait le général, dont les fils sont entre les mains de la justice, tend à accréditer dans Paris le bruit que des officiers généraux et autres sont ou vont être arrêtés, pour avoir livré à l'ennemi le secret des opérations militaires. Le gouvernement s'est ému de cette indignité, et il déclare ici que c'est lui qu'on atteint dans la personne des plus dévoués collaborateurs qu'il ait eus pendant le cours de ces quatre mois d'efforts et d'épreuves.

« Entre les divers moyens qui ont eu quelquefois pour but et toujours pour effet de compromettre les intérêts sacrés de la défense, celui-là est le plus perfide et le plus dangereux. Il jette le doute dans les esprits, le trouble dans les consciences, et peut décourager les dévouements les plus éprouvés. Je signale ces manœuvres à l'indignation des honnêtes gens ; je montre les périls où elles nous mènent à ceux qui vont répétant, sans réflexion, de si absurdes accusations, et j'en flétris les auteurs.

« J'interviens personnellement, moins parce que j'ai le devoir de protéger l'honneur de ceux qui, sous mes yeux, se consacrent avec le plus loyal désintéressement au service du pays, que parce que j'aime la vérité et que je hais l'injustice. »

Je rencontrai en me promenant, ce même jour, deux gardes de ma compagnie ; l'un était Renaud, dont j'ai déjà parlé, l'autre s'appelait Monin, et travaillait momentanément au journal l'*Univers*, du fameux Veuillot. Je les accompagnai dans quelques imprimeries, entr'autres dans celle de M. Lainé, rue des Saints-Pères, où s'imprimait l'*Univers*. Tout en causant avec les compositeurs, j'appris que je pourrais trouver là de l'occupation pour quelque temps, et je fus charmé de pouvoir passer ainsi, en travaillant, ces journées si longues et si ennuyeuses. Je m'arrangeai donc pour commencer dès le lendemain à 9 heures du matin, tout en admirant à part moi la bizarre destinée humaine, qui m'avait conduit, moi, né protestant, à travailler au pieux et catholique journal de Louis Veuillot.

L'*Univers* du 10 janvier, dont Monin me donna un numéro, contenait un article de fond qui me donna un avant-goût des articles qui devaient plus tard me passer sous les yeux. — « Hier a eu lieu, disait le pieux journal, à l'église Saint-Etienne-du-Mont, la clôture solennelle de la neuvaine en l'honneur de sainte Geneviève. Pendant ces neuf jours consacrés par une antique et pieuse coutume à célébrer les vertus et la gloire de la patronne de Paris, et à implorer son secours et sa protection, les fidèles sont accourus en grand nombre de tous les points de la ville, s'agenouiller autour du tombeau de la sainte, et n'ont cessé de faire retentir la voûte sacrée de leurs prières et de leurs chants.

» Ce pèlerinage empruntait, cette année, aux terribles événements que nous subissons, un caractère exceptionnel de douloureuse actualité. En effet Paris, que Geneviève avait autrefois délivré de l'invasion des Barbares du Nord, se trouve en ce moment sous le coup d'une invasion plus terrible et plus menaçante. Le peuple parisien, en ces jours de grandes calamités, s'est souvenu de celle qui le protégea pendant sa vie mortelle et qui ne cessa de veiller sur lui du haut du ciel, et il est accouru en foule se mettre sous la protection de sa chère et bien-aimée patronne. Les hommes sont venus retremper leur courage ; les femmes ont cherché la résignation et la patience ; tous ont supplié sainte Geneviève de hâter leur délivrance.

» M. l'abbé Roche, prédicateur de la neuvaine, dans des allocutions émues et chaleureuses, a expliqué devant son nombreux auditoire en quoi consiste le vrai patriotisme, le patriotisme chrétien. L'humble vierge de Nanterre était tout naturellement l'exemple et l'idéal de ce patriotisme, qui a sauvé nos ancêtres. L'orateur a terminé en disant que la France, quoique bien coupable envers Dieu et envers l'Eglise, ne pouvait pas périr sous les coups et les assauts d'un peuple hypocrite et apostat. Un cri d'espérance s'est échappé de son cœur, et ce cri a retenti dans toutes les âmes.

» N'oublions pas, en effet, que *c*'est le 3 janvier, jour de la fête de Sainte-Geneviève, qu'a été gagnée notre première victoire, précurseur de la délivrance.

» *Sancta Genofeva, urbis obsessæ præsidium, ora pro nobis.*

» Sainte Geneviève, secours de la ville assiégée, priez pour nous. »

Le soir, comme de coutume, je me trouvai dans ma chambre, avec mes trois camarades, et nous attendîmes avec anxiété sonner dix heures, qui nous furent annoncées par les détonations qui se succédèrent toute la nuit. C'était quelque chose de lugubre que ces coups sourds, tantôt se rapprochant, et tantôt s'éloignant, qui nous annonçaient que les puissants projectiles de l'ennemi continuaient leur œuvre de destruction. Ce soir-là, nous parlâmes de déménager, et de prendre une chambre dans les étages inférieurs de l'hôtel, mesure de précaution recommandée par le gouvernement. Le toit qui protégeait ma chambre, actuellement, aurait été crevé, comme une feuille de papier, par les obus des Krupp, dont quelques-uns pesaient jusqu'à 190 livres. — Aussi, d'un commun accord, nous résolûmes tous, après discussion, de descendre de deux étages dès le lendemain, afin de n'être pas exposé chaque nuit à recevoir la mort dans son lit, et à ne pas pouvoir dormir sans être réveillé à chaque instant par les sifflements des obus.

CHAPITRE XXI.

L'*Univers* et Louis Veuillot. — L'abbé Moigno et l'obus prussien. — Un article de l'*Univers* en janvier. — Un Anglais généreux.

Le lendemain, à 8 heures, je me rendis rue des Saints-Pères, à l'atelier de l'*Univers*. La salle où travaillaient les ouvriers compositeurs était au rez-de-chaussée, et pas trop spacieuse. Quinze compositeurs et un metteur en pages suffisaient à la composition du journal, en moins de six heures de temps, car l'*Univers*, comme la plupart des grands journaux, ne paraissait plus que sur une demi-feuille, faute d'approvisionnements suffisants de papier.

A 8 ¹/₂ heures, je vis arriver les commis de la rédaction, qui apportaient de la *copie*. C'étaient les articles de fond de Louis Veuillot, ou des entrefilets d'Arthur Loth, un des rédacteurs en second du

14

journal. Le metteur en page, armé de grands ci-
seaux, coupait ces articles en petits morceaux, les
numérotait, et, à 9 heures précises, les distribuait
aux compositeurs, un à un.

Il y a à Paris, dans toutes les imprimeries de
journaux où les compositeurs travaillent en com-
mandite, un minimum de lignes à faire par heure.
Il faut être d'une certaine habileté pour faire la
pige de certains journaux. La *pige* est ce minimum
de lignes à faire, et *piger* est un terme d'argot typo-
graphique qui signifie « composer très vite. » Au
journal l'*Univers*, la pige était de 40 lignes à l'heure,
et elle durait cinq heures, la sixième étant consacrée
à la correction des paquets ; les lignes contenaient,
en gros caractère, 32 lettres, en petit 41. Il y avait
encore un caractère mixte, qui avait 35 lettres à la
ligne, et c'était la moyenne. Il fallait donc qu'un
compositeur, pour travailler à ce journal, fît en 5
heures au moins deux cents lignes, à 35 lettres,
soit prendre, placer et *justifier* plus de 7,000 ca-
ractères en plomb. Ce travail n'était pas cependant
au-dessus des forces d'un bon compositeur, et tous
les jours que je passai à l'*Univers*, je constatai que
chacun avait atteint le chiffre règlementaire.

A 10 heures environ, arrivait M. Eugène Veuillot,
homme d'une figure et de manières douces, qui ne
ressemblait en rien à son frère. Il apportait aussi
des articles, parfois aussi violents que ceux de Louis,

qui, à ce que l'on m'apprit, ne venait jamais à l'imprimerie. Puis il emportait les premières épreuves, les corrigeait, et les renvoyait. Le metteur en page commençait alors la correction sur le plomb, et plaçait les premiers articles terminés d'après l'ordre indiqué par M. Veuillot.

La plupart des compositeurs du journal, qui y travaillaient depuis bien des mois, étaient des jeunes gens remplis de patriotisme, qui ne parlaient que de sorties et de batailles. Ils étaient presque tous de la garde nationale, et venaient quelquefois travailler en grande tenue, guêtres, capote et casquette. Puis, l'on voyait, dans les coins de l'atelier, des fusils à piston, à tabatière, ou un clairon.

Ce jour-là, je vis arriver, vers les 11 heures du matin, un ecclésiastique, un abbé, portant lunettes, un peu voûté, et l'air timide, presque embarrassé. Je fus bien étonné d'apprendre que ce personnage était le savant abbé Moigno, et je fus surpris que la science pût habiter une pareille enveloppe. L'abbé Moigno nous apportait un article très intéressant, sur l'artillerie prussienne et sur le bombardement. J'en ai extrait ces lignes :

Les batteries sont dressées sur une circonférence de plusieurs lieues. Le commandant d'artillerie prussien est debout dans sa morgue traditionnelle, grandement accrue par le sentiment excessif de sa science et de sa nationalité. Le cigare aux lèvres, la casquette ronde inclinée sur l'oreille droite, il désigne du doigt le canon le plus homicide, l'obus le plus meurtrier, la bombe la plus incendiaire. Il cherche sur la carte de Paris, et essaie de marquer à l'horizon le point où le coup frappé fera les plus grands ravages ; il rectifie le tir d'après toutes les règles de l'art le plus perfectionné : Feu !

Son visage rayonne d'une fierté sauvage ! Il envoie la mort ! la mort est partie.

Il a suivi son projectile dans sa course rapide à travers les airs ; il l'a vu en esprit tomber sur une église, dans un dortoir d'hôpital ou d'hospice, dans une salle d'ambulance, sur un monument par lui tant admiré autrefois, sur le magasin de poudre dont les espions ont révélé l'existence à ses maîtres au prix de l'or. Il rit sous sa moustache blonde.

La bombe a frappé peut-être un enfant au berceau, un vieillard penché vers la tombe, une pauvre femme qui demandait un morceau de pain, une pieuse fille de la charité, HOURRA ! Instrument de la mort, il a fait son grand œuvre, et la patrie allemande lui sera reconnaissante !

A onze heures et demie, les compositeurs prenaient une demi-heure de repos, pendant laquelle ils déjeûnaient. Le travail recommençait à midi. A trois heures la *pige* était arrêtée. L'on corrigeait les paquets, on faisait la Bourse, et à quatre heures, le journal était prêt à être mis sous presse. Les compositeurs avaient gagné environ huit francs, et s'en allaient.

Les jours suivants, je retournai à l'*Univers*, et je pus admirer maint article paru dans ce journal. **M.** Veuillot est trop tristement célèbre pour que j'en parle ici. Je me contenterai de citer quelques lignes d'un second article de l'abbé Moigno, qui fait naturellement suite à l'article précédent :

Le commandant d'artillerie prussien n'a pas tardé à m'accuser réception des éloges que j'ai adressés dimanche matin à sa science, à son habileté, à sa sauvagerie.

Hier soir, lundi, à neuf heures un quart, j'étais debout à la porte de la petite chambre où, dans Saint-Germain-des-Prés, je me tiens prêt à l'appel des mourants, lorsqu'une effroyable détonation s'est fait entendre. Tout à l'intérieur et à l'extérieur de mon humble lieu de repos a été renversé et saccagé, un obus énorme s'était abattu sur ces murs de plâtre et de bois. Je tenais à la main un petit morceau de bougie allumé, sans chandelier ; la bougie a été éteinte par un vent assez violent, mais ce vent n'a produit sur moi que l'effet d'une douce rosée, *quasi ventum roris flantem*, et quoique je fusse à moins de vingt centimètres du centre de décombres vraiment effroyables, je n'ai éprouvé aucune émotion. L'exécuteur des œuvres du roi Guillaume et de la mort ne pourra pas se vanter de m'avoir inspiré de la terreur. J'ai souri tout d'abord, j'ai prié ensuite la belle prière, et je suis descendu plein de reconnaissance et de joie.

Le projectile meurtrier m'a été envoyé tout entier, avec son culot, avec sa pointe conique, avec son enveloppe en plomb toute tordue et portant les empreintes des rayures du canon ; il ne m'a été fait grâce de rien ; toutes les murailles sont effondrées,

toutes les vitres sont brisées, deux grandes biblio-
thèques sont pulvérisées, une collection de cinq
cents volumes reliés de la Bibliothèque universelle
de Genève est affreusement lacérée ; et tout cela
autour de moi, sur un espace de 3 mètres carrés !
Un petit éclat de verre m'a seulement blessé à la
tête, et n'a fait couler que quelques gouttes du sang
que je serais si heureux de verser à flots pour le
salut de la France. *Misericordia Domini quia non
sumus consumpti !*

Et je conserve plus inébranlable que jamais l'espérance de la défaite entière de l'armée prussienne ;
et je suis certain que la France échappera mieux
que moi aux affreux dangers qui la menacent.

L'abbé Moigno demeurait à quelques pas de chez
moi, rue du Dragon, et l'église de Saint-Germain-
des-Prés n'est qu'à cinquante pas de là.

Le 12 janvier, je trouvai l'article de fond du journal si comique, et si rempli d'absurdités, que je résolus de le conserver. Je le transcris ici tout entier ;
le lecteur verra ce qu'un journal a pu imprimer à
Paris, en janvier de l'an de grâce 1871 :

PARIS, 12 JANVIER 1871.

Le 10 novembre, veille de Saint-Martin, patron
de la France, le général Aurelles de Paladines délivrait Orléans à la suite de la première victoire
remportée par l'armée française dans cette guerre.

Le 3 janvier, fête de Sainte-Geneviève, patronne
de Paris et de la France (*Urbis et Galliæ patrona*),
le général Faidherbe gagnait une grande bataille
qui ouvrait à son armée le chemin de Paris.

Cette coïncidence providentielle de dates est pour les catholiques un signe de la protection de Dieu. Nous avons au ciel des patrons qui veillent au salut de la France. Nulle race n'est plus privilégiée que la nôtre par le nombre et la grandeur de ses saints nationaux. Quels noms dans l'histoire que ceux de saint Denis, de saint Martin, de sainte Geneviève, de sainte Clotilde, de saint Ouen, de saint Eloi, de saint Louis et de tous les illustres fondateurs des églises des Gaules !

La France avait jadis pour ces antiques et vénérables patrons un culte public. Aujourd'hui il n'y a plus de foi nationale ; l'Etat ne reconnaît plus de religion, le peuple n'a plus de prière ni pour Dieu ni pour les saints.

Hier s'achevait dans l'intérieur d'une église la neuvaine de Sainte-Geneviève. Il y avait une pieuse assistance : mais qu'est-ce que cette dévotion particulière ? Paris, la grande ville, n'a rien fait pour sa patronne.

Le Paris de 1871, menacé comme aux jours d'Attila, ne s'est plus souvenu des miracles de son ancienne délivrance. Aucun chef de la cité, aucune députation du peuple, aucune foule convoquée pour la solennité n'est venu au tombeau de sainte Geneviève ; nul empressement officiel, nul cortége d'honneur autour de ses reliques.

N'était-ce pas le moment cependant, au milieu des calamités du siége, d'appeler le peuple à une de ces grandes manifestations de la foi qui ont souvent opéré des miracles ? N'était-ce pas le moment d'invoquer publiquement la sainte libératrice de Paris, de porter sa châsse à travers la ville, pour implorer une nouvelle protection ? Les épaules n'auraient pas failli à ce précieux fardeau, et un mot d'ordre eût suffi pour changer l'affluence des pèlerins venus chaque jour au tombeau en une longue et magnifique procession allant, suivant l'antique itinéraire, de la montagne de Sainte-Geneviève à Notre-Dame.

C'est la première fois depuis douze siècles, que Paris dans un temps de calamités n'aura pas invoqué sainte Geneviève. Cependant, jamais plus grande calamité, ni pestes, ni famines, ni siéges des temps passés, n'ont frappé la ville. Quoi qu'il arrive, il manquera à l'histoire du siége de Paris le souvenir d'une prière publique à sainte Geneviève ; le culte séculaire de la ville pour sa patronne aura été interrompu dans le temps même qu'il aurait dû refleurir avec un éclat nouveau.

Triste interruption, à la honte de notre temps ! Car c'est la foi ou la liberté, ou toutes les deux qui nous ont manqué. En 1849, à l'époque du choléra, il n'en fut pas de même. Il y eut encore assez de foi dans le peuple catholique, et de liberté sous la République, pour invoquer publiquement sainte Geneviève. Ce fut le premier acte épiscopal de Mgr Sibour, d'ordonner une procession à travers les rues de la cité pour la cessation du fléau. Il y eut une foule telle qu'on n'en vit jamais dans aucune autre cérémonie publique, et le choléra ne tarda point à disparaître.

La misère et la mortalité allaient augmentant chaque jour ; le pain était rationné à 400 grammes, et cette quantité n'était réellement pas suffisante pour les nombreux malheureux qui ne pouvaient acheter de viande. Ce pain, qu'on nous vendait dix centimes les 400 grammes, était grisâtre, sortant du four, par conséquent indigeste. En regardant un morceau de pain de près, on apercevait des morceaux de riz, des bribes de paille, ou des grains d'avoine. La farine devait être excessivement grossière.

Dans ces temps malheureux, un riche Anglais, M. Wallace, voua une partie de son immense fortune au soulagement de tant de misères. Bien des infortunés lui durent la vie. Aussi, la ville de Paris lui témoigna sa reconnaissance à plusieurs reprises. La serre des *orchidées* du Jardin des Plantes avait été complétement détruite par un obus prussien. Deux magnifiques camellias survécurent seuls au désastre. L'administration du muséum, d'accord avec le ministère de l'instruction publique, conçut l'heureuse idée d'offrir ces deux camellias à M. Richard Wallace, dont le nom vivra longtemps dans la pensée reconnaissante des pauvres de Paris. L'offrande de ces deux pauvres fleurs parisiennes épargnées comme par miracle en disait plus que toutes les actions de grâce, et devait être comprise, dans son inspiration délicate, par le généreux bienfaiteur.

CHAPITRE XXII.

Le bombardement continue. — La dernière sortie. — Le 85e se remet en campagne. — La Fouilleuse. — Le parc de Buzenval. — Les blessés. — En retraite. — Perdus dans le brouillard. — Une triste nuit. — Retour à Paris.

Cependant le bombardement de la ville et des forts continuait chaque jour, et le gouvernement ne donnait pas signe de vie. Plusieurs fois déjà, le fort de Rosny à l'est, et celui d'Issy, au sud, avaient été réduits au silence par l'épouvantable feu des batteries prussiennes. L'ennemi manifestait l'intention de s'emparer de ce dernier fort; non content de l'écraser par ses obus lancés de Châtillon et de Meudon, il ouvrait des tranchées à 1300 mètres du fort, et établissait de nouvelles batteries au Moulin-de-Pierre. Le fort de Vanves fut lui-même obligé de cesser son feu plusieurs fois, ses artilleurs étant, pour la plupart, hors de combat. Ce ne fut que le 16 janvier que les canons des remparts purent enfin soutenir un peu les forts d'Issy et de Vanves, qui étaient déjà dans un pitoyable état.

Les journaux contenaient chaque jour les listes des victimes du bombardement. Les obus semblaient tomber de préférence sur les monuments et les hôpitaux. Je pus voir à l'Odéon, et sur le boulevard Saint-Michel, les dégâts des projectiles, et le Panthéon eut sa coupole percée par un énorme obus. On distinguait depuis une grande distance, le trou noir produit par le projectile.

La ville de Saint-Denis, les villages voisins des forts avaient été précipitamment évacués, et une quantité de troupes avaient été ramenées dans la ville. Une nouvelle sortie ne pouvait tarder. Le peuple et les journaux la demandent. Le gouvernement doit tenir sa promesse, sinon les faubourgs, où gronde l'insurrection, lui forceront la main.

Enfin, le 18 au soir, le bruit se répand que l'attaque décisive va commencer. Un rayon d'espoir va renaître. Chacun sent que, si l'armée française est encore battue, ce sera le commencement de la fin, car le gouvernement met sagement un mois d'intervalle entre chaque effort énergique, et il n'y aura plus pour un mois de vivres.

Dans cette soirée du 18, je vis des bataillons de mobiles se diriger le long des quais, dans la direction des Invalides, et des régiments de ligne suivre la même direction. L'attaque se ferait-elle cette fois au nord ?

Notre bataillon n'avait cependant aucun ordre, aussi nous nous couchâmes ce soir-là comme d'habitude, d'autant plus que les obus ne frappèrent qu'à de longs intervalles dans mon quartier.

———

Le jour n'avait pas encore paru, lorsque je fus réveillé par la sonnerie d'un clairon, et les roulements du tambour, qui appelaient dans toutes les directions. Il y avait des sonneries de plusieurs bataillons ; je reconnus celle du 85e, et je m'habillai en toute hâte. Le ciel me semblait brumeux, et le froid excessif. Je compris, par le bruit qui se faisais dans les chambres voisines, que mes camarades avaient entendu les signaux ; en effet, ils se trouvèrent prêts en même temps que moi, et nous partîmes tous ensemble pour notre lieu de réunion.

Il pouvait être cinq heures du matin. L'air était calme, et en prêtant l'oreille, on entendait de loin en loin des détonations sourdes, suivies d'un bruyant sifflement. Puis, un obus tombait, et éclatait avec le bruit du tonnerre, sans que nous pussions préciser l'endroit où il venait de frapper.

Comme d'habitude, il fallut un temps infini pour nous organiser ; enfin, le bataillon fut prêt à partir et le jour commençait à poindre lorsque nous quittâmes la place Saint-Sulpice, pour prendre la rue de Grenelle.

Personne ne savait où nous allions. On disait vaguement qu'une action décisive allait être engagée, et que cette fois, nous y prendrions part. Le bataillon marchait gaillardement. Le canon avait cessé de se faire entendre, et si je n'avais vu de nombreux bataillons de la garde nationale le long des quais, suivre la même direction que nous, je n'aurais pas cru à une action offensive pour ce jour-là.

Le brouillard, d'abord assez léger, devenait de plus en plus intense. Les routes étaient humides et boueuses. Nous traversâmes la Seine sur le pont de l'Alma, et nous entrâmes dans Passy, où l'encombrement des troupes nous obligea de faire halte. A ce moment, le canon recommença à se faire entendre ; d'abord à de lents intervalles, puis par bordées. Antonin m'assura que le Mont-Valérien faisait feu de toutes ses pièces, et que la bataille devait avoir lieu du côté de Saint-Cloud.

J'étais assez mal disposé ce matin-là, et je n'éprouvais aucune velléité de me battre. Nous savions tous que l'on allait tenter un dernier effort, et nous n'avions plus la foi. Si Paris devait capituler, à quoi bon de se faire tuer inutilement, ou être blessé, impotent peut-être pour le reste de ses jours.

Ces choses-là se disaient tout bas, mais personne n'aurait osé les dire publiquement. Il y avait encore quelques patriotes enragés ou fanatiques, qui voulaient à toute force la victoire. On devait passer les lignes d'investissement à tout prix, disaient-ils, sans s'inquiéter des difficultés du terrain, des travaux inabordables de l'ennemi, et surtout de sa supériorité en artillerie, en cavalerie, et en régiments d'élite.

Le gouvernement et les chefs militaires n'avaient aucun espoir dans le dernier effort que les armées de Paris tentaient le 19 janvier. On se battait ce jour-là pour *l'honneur des armes françaises* (!) qui ne pouvaient pas se rendre sans un peu plus de sang versé. Il fallait peut-être aussi, et telle est mon opinion, que la garde nationale subît quelques pertes, afin de la rendre plus docile, et de la préparer au dernier acte du siége, la capitulation.

Nous reprîmes notre marche en avant, suivant une route bordée d'arbres et de maisons. Des troupes de ligne, des bataillons de gardes nationaux se voyaient sur toutes les routes, et quelquefois tellement pressés, qu'il arrivait un encombrement, et un long arrêt s'ensuivait. En sortant des remparts, nous nous trouvâmes dans le bois de Boulogne, où nous fîmes de nouveau une halte.

Le bruit lointain d'une canonnade très vive parvint alors jusqu'à nous ; l'action devait être engagée à plus d'une lieue de là, et nous pouvions voir en avant, à quelque distance, les fortifications du Mont-Valérien, qui couronnaient la crête de la colline sur laquelle ce fort est construit, et qui se dessinaient en masses noires au dessus du brouillard. Je supposai, à voir la lenteur avec laquelle nous avancions, que nous allions jouer le même rôle qu'à Champigny, et je ne me trompai pas de beaucoup.

Pendant l'arrêt que nous fîmes, on distribua à chaque homme un demi-pain, et on répartit des morceaux de lard salé entre les compagnies, je ne sais dans quelle proportion, n'en ayant jamais revu un morceau. Puis, nous reprîmes notre route.

A mesure que nous avancions, le tonnerre de l'artillerie augmentait, et lorsque nous fûmes arrivés près de la Seine, au pont de Suresne, je crois, nous pûmes distinguer le bruit de la fusillade. L'émotion commença à gagner peu à peu notre bataillon. Allions-nous enfin entrer en ligne? Personne ne le désirait. J'étais, je l'avoue, assez inquiet. D'abord, à cause du brouillard, qui pouvait nous être défavorable, puis parce que je ne connaissais aucunement les localités que nous parcourions, et mes camarades étaient presque tous dans la même ignorance. J'ai souvent remarqué que la plupart des Parisiens connaissent très peu les environs de leur ville. J'ai trouvé des personnes, habitant Paris depuis vingt ou trente ans, et qui n'avaient jamais été à Saint-Denis, ni à Bondy, ni à Rosny. Ils connaissaient à peine Choisy-le-Roi, ou Meudon. Ils avaient quelquefois été à Saint-Cloud avec les petits bateaux, mais c'était leur plus longue promenade. Les dimanches de beau temps, j'avais vu toujours une foule énorme sortir de Paris, mais rarement à pied, et jamais par les chemins de traverse, si agréables pour le promeneur qui aime la nature. Je n'ai jamais, dans mes promenades au bois de Clamart ou de Meudon, rencontré un seul Parisien. Il leur faut des bois artificiels, des allées tirées au cordeau, et le bois de Boulogne et de Vincennes leur plaît mieux que les jolis bois de Clamart ou de Meudon.

J'ai un grand défaut, qui ne s'accorde guère avec la discipline militaire et l'obéissance passive qu'on demande aux soldats de tout grade. J'aime savoir où je suis, et où l'on va, surtout quand je me sens conduit par des chefs ignorants ou inexpérimentés, dans les yeux desquels je lis l'indécision ou la faiblesse. Aussi je subis ce jour-là une véritable torture, le brouillard m'empêchant de voir au loin, et personne ne sachant où nous nous dirigions.

Nous passâmes au pied du Mont-Valérien et depuis là, malgré l'encombrement de notre route, nous avançâmes régulièrement, marchant en silence et cherchant à deviner la direction que nous prenions.

Après une demi-heure de marche, nous prîmes à travers champs, et nous arrivâmes près d'une grande ferme, où des bataillons de mobiles étaient groupés. Ce fut là que je vis les premiers blessés, et les premiers cadavres, qui appartenaient tous à l'infanterie de ligne.

Nous étions arrivés à l'endroit où les premiers coups de feu avaient dû être échangés le matin. En avant de la Fouilleuse (ainsi s'appelait cette ferme,) on voyait sur le sol des enveloppes de cartouches, et une troupe assez considérable avait dû y bivouaquer pendant la nuit. Le combat devait être acharné sur les hauteurs de Buzenval et de Garches, à en juger par le pétillement incessant de la fusillade et des mitrailleuses, dominé par les coups sonores du canon.

Tout-à-coup, il se fit un grand mouvement autour de nous. Un obus prussien venait de tomber non loin de là, et j'entendis l'ordre répété immédiatement par tous les chefs.

— En avant !

Notre bataillon suivit le flot, et comme nous avancions au sud, du côté de Buzenval, quelques balles égarées sifflèrent par-dessus nos têtes. Etaient-ce des balles prussiennes ou françaises? Je n'en

15

voudrais pas jurer? Le brouillard était si épais, et la confusion si grande, que le doute est permis.

Enfin, nous arrivâmes auprès d'un grand mur, qu'on nous dit être le mur du parc de Buzenval; là on nous fit faire halte, et chaque compagnie tenta de se réorganiser un peu, car dans la marche, les rangs s'étaient brisés. Le mur que nous avions devant nous, était percé de créneaux du côté intérieur, ce qui indiquait que ces ouvertures avaient été pratiquées par l'ennemi. Après avoir constaté que je n'étais pas devant un créneau, je m'étendis tranquillement à terre, et j'écoutai le bruit du combat.

Chaque garde sortit alors ses provisions, et un petit pique-nique général vint nous distraire un peu de nos pénibles préoccupations. De temps en temps cependant, un sifflement strident passait au-dessus de nous, et tous, la tête basse, nous écoutions, le cœur palpitant d'émotion. Mais l'obus passait, et allait peut-être blesser les soldats, qui, plus en arrière de l'action que nous, se croyaient plus en sûreté.

Notre petit repas était encore interrompu d'une autre manière. Une ouverture avait été faite dans le mur du parc, non loin de nous. De temps à autre, un groupe en sortait, marchant doucement; c'étaient des ambulances qui portaient un blessé ou un mourant, quelquefois horriblement mutilé.

C'est extraordinaire comme la vue d'un blessé impressionne le soldat ; il sent qu'il peut lui en arriver autant d'un instant à l'autre, et la chair se révolte devant ces larges plaies et ce sang qui coule.

La vue de ces blessés, et le bruit de la fusillade, nous apprenaient suffisamment que le combat continuait plus au sud ; cependant, quelques-uns de mes camarades, entendant siffler au-dessus de nous des balles, voulaient absolument tirer dans le parc, et les officiers eurent beaucoup de peine à les en empêcher, et à les faire baisser leur arme.

Nous passâmes de longues heures, assis ou couchés derrière notre mur, tantôt sérieux et inquiets, tantôt souriant et plaisantant. Antonin, lui, était pensif et sombre, Ski fumait, et Villaret regardait le brouillard.

———

Vers la tombée de la nuit, un mouvement de retraite parut se faire sur notre droite ; je vis un bataillon, déployé en tirailleurs, revenir en arrière. Sans pouvoir expliquer ce mouvement, je soupçonnai que le « grand effort » était fini. Je fus bien vite confirmé dans mes soupçons. Un instant après, un ordre de nous replier en arrière nous arrivait.

Mais notre commandant avait disparu, et il fut constaté que, depuis la ferme, il n'avait pas suivi le bataillon. Un capitaine prit alors la direction du bataillon, et après avoir mis sac au dos, et repris nos armes, nous abandonnâmes le mur du parc, pour revenir sur nos pas.

Les plaisanteries sur l'absence du commandant ne manquèrent pas, et les quolibets ne lui furent pas épargnés. Nous ne redevînmes sérieux qu'en approchant de la Fouilleuse, transformée maintenant en ambulance, comme les drapeaux blancs à croix rouge l'indiquaient. Nous passâmes silencieusement à côté de ce lieu de douleur et de deuil, et nous marchâmes rapidement dans la direction du Mont-Valérien. Une quantité de troupes battait également en retraite.

Mais nous avions compté sans la nuit et le brouillard. Nous marchions dans les champs avec précaution, plusieurs d'entre nous s'étant déjà buttés contre des élévations de terrain, ou précipités dans les tranchées qui coupaient le sol dans maint endroit. Puis un capitaine prétendit que nous faisions fausse route, et déclara qu'il prendrait un autre chemin. Indécis, nous le suivîmes, obligés de nous en rapporter à lui.

Cependant, après avoir marché ainsi une bonne heure, pendant laquelle nous fîmes, il est vrai, peu de chemin, grâce à la boue et à l'obscurité, nous conçûmes quelques doutes sur les connaissances de notre guide, et nous interrogeâmes des soldats de ligne qui bivouaquaient près d'une maisonnette.

Aucun d'eux ne put nous renseigner d'une manière exacte.

— Où est le Mont-Valérien ? demandai-je à l'un d'eux. Dans quelle direction se trouve-t-il ?

— De ce côté, je crois, me répondit le soldat.

— Non, c'est par là, interrompit un autre, en m'indiquant un point tout à fait opposé.

Nous ne pûmes nous empêcher de rire, malgré notre détresse ; je commençais à croire que nous passerions la nuit, non à la belle étoile, mais dans un brouillard intense, froid et humide. Le canon avait cessé de gronder, heureusement, car nous aurions sérieusement craint d'aller tomber dans un poste ennemi, ou dans un endroit labouré par les projectiles. D'ailleurs une marche de nuit était imprudente, dangereuse, et nos officiers le comprirent. On se décida à bivouaquer près des soldats de ligne et à attendre le jour pour se remettre en route.

Mon escouade se groupa alors sur un espace relativement sec ; nous défîmes nos tentes, sur la toile desquelles nous nous couchâmes, recouverts par nos couvertures. Mais le froid, qui augmentait, nous faisait claquer des dents, et j'eus grand peine à m'assoupir un peu.

Je passai cette triste nuit, tantôt sommeillant, tantôt absorbé dans de sombres réflexions. Enfin, après de longues heures d'insomnie, je vis paraître les premières lueurs du jour.

Lorsque je voulus me lever, je m'aperçus que mes jambes étaient en très mauvais état ; je me sentais tout paralysé ; mais un peu d'exercice me remit bientôt, et la chaleur vint ranimer mes membres engourdis.

Notre capitaine avait envoyé un adjudant chercher des ordres, que nous attendîmes près d'une heure, au bout de laquelle nous pûmes nous remettre en route, fatigués et mourant de faim. Je marchais machinalement, sans trop savoir où j'allais, les yeux fixés à terre pour éviter les fossés ou les pierres. Enfin, nous atteignîmes une route, que nous suivîmes, et qui devait nous mener à Paris.

Je ne raconterai pas la triste rentrée de mon bataillon dans notre quartier ; le quart des hommes manquaient ; la fatigue, la faim, la soif les avaient égrenés le long de la route, et les liqueurs, avalées en chemin par des estomacs vides, avaient causé bien du mal. Aussi la plupart des hommes se traînaient plutôt qu'ils ne marchaient. En passant devant mon hôtel, je fis signe à Antonin et à Villaret, et nous nous précipitâmes dans notre demeure, ne nous sentant pas la force ni le courage d'aller encore jusqu'à la place Saint-Sulpice, pour y attendre notre licenciement.

CHAPITRE XXIII.

La bataille de Montretout. — Gustave Lambert. — Emeute dans les faubourgs. — Flourens. — Le 101ᵉ bataillon de marche à l'Hôtel-de-Ville. — Bruits de capitulation. — La Convention militaire du 26 janvier.

Comme on le pense bien, je fus curieux le lendemain de connaître les détails de l'action qui, dans l'histoire, s'appellera la bataille de Montretout. L'attaque s'était faite sur trois points ; le général Bellamare, après avoir enlevé le parc et le château de Buzenval, avait attaqué les hauteurs de Garches, tandis que le général Vinoy s'emparait de la butte de Montretout, faiblement défendue par l'ennemi, paraît-il. Mais les canons s'étaient embourbés, et n'avaient pu arriver à temps pour soutenir l'attaque, et les troupes avaient été repoussées dans leurs tentatives contre la Bergerie et les hauteurs de Garches.

La consternation était grande dans Paris, et le gouvernement pouvait maintenant parler de capituler. Un certain nombre de bataillons de la garde nationale avaient souffert du feu de l'ennemi ; et, de l'aveu du général Trochu, plusieurs bataillons avaient fait feu l'un sur l'autre, en proie à une panique. En outre, un décret annonçait que le pain allait être rationné à 300 grammes. Puis, les nouvelles du champ de bataille étaient vagues et contradictoires, mais on pouvait supposer qu'il y avait un grand nombre de blessés ; le général Trochu disait, dans une dépêche : « Il faut à présent parlementer d'urgence à Sèvres pour un armistice de deux jours qui permettra l'enlèvement des blessés et l'enterrement des morts. Il faudra pour cela *du temps*, des efforts, des voitures très-solidement attelées et beaucoup de brancardiers. Ne perdez pas de temps pour agir dans ce sens. »

En réalité, la bataille de Montretout coûta près de 2000 hommes. Mon bataillon eut quelques blessés, mais un grand nombre de gardes contractèrent, pendant cette courte sortie, des maladies dangereuses, et plusieurs succombèrent plus tard aux suites de ces maladies. Un capitaine de mon arrondissement, Gustave Lambert, perdit la vie à la suite d'une blessure. Jeune encore, il s'était déjà fait connaître par son exploration projetée au pôle Nord, et il n'attendait que la fin de la guerre pour mettre son projet à exécution, ayant pu réunir, paraît-il, les fonds nécessaires pour cela.

Cependant, si la population du centre était presque résolue à la capitulation, surtout depuis que quelques-uns de ses bataillons avaient eu des blessés, l'énergique population des faubourgs ne l'entendait pas de cette oreille, et la surexcitation était si grande qu'on pouvait prévoir le retour de désordres graves.

Dans la nuit du 21 janvier, tous les maires de Paris furent convoqués à l'Hôtel-de-Ville, et là ils apprirent qu'il n'y avait plus, dans la ville assiégée, que pour quatorze jours de pain. Des cent mille chevaux qui existaient au commencement du siége, il n'en restait plus que 33,000, en comprenant dans ce chiffre les chevaux de guerre. Mais c'était le chiffre indispensable pour divers services : ambulances, transport des grains, des farines et des combustibles, éclairage, vidanges, pompes funèbres, sans compter les fiacres ; il ne pouvait être question d'ailleurs de ne se nourrir que de viande de cheval. Le général Trochu, qui présidait la réunion, conclut en refusant de diriger une nouvelle sortie, l'inutilité de la garde nationale lui ayant été démontrée à Montretout, et il demanda qu'on nommât un commandant en chef de l'armée, afin qu'il ne fût pas forcé de violer sa parole de ne pas capituler.

Pendant que ces tristes choses étaient révélées

par le gouvernement, l'émeute grondait dans les faubourgs. Des colonnes de gardes nationaux de la Villette, de Belleville et de Ménilmontant, descendaient par plusieurs routes différentes. L'une d'elle arrivait devant Mazas, délivrait Flourens qui y était renfermé, et allait s'emparer de la mairie du 20e arrondissement, où il paraît que quelques gardes nationaux firent main basse sur des rations de pain destinées aux indigents du quartier. La matinée fut orageuse dans ces faubourgs remuants, et vers les deux heures de l'après-midi, une foule armée se mit en marche, se dirigeant sur l'Hôtel-de-Ville. Là, le 101e de marche, sans plus tarder, ouvrit le feu, et les balles criblèrent le bâtiment. Un officier de mobiles, de garde dans l'édifice, voulut parlementer. Il tombe mort. Les mobiles, furieux, ripostent, et en un instant, la place se vide; tout le monde s'enfuit. Le commandant Sappia, un des insurgés, resta sur le carreau, ainsi que quelques gardes nationaux, une femme et un enfant. Plusieurs coups de feu, tirés des fenêtres voisines, blessèrent encore des innocents. Quinze morts furent ramassés sur la place.

J'allai voir le lendemain seulement le dégât causé par cette émeute. Les traces de la fusillade se voyaient partout. Vitres cassées, volets brisés, statues endommagées, tel fut le spectacle que je vis;

la façade de l'Hôtel-de-Ville était toute mouchetée par les balles.

Tout cela n'était pas gai, et j'en vins à souhaiter que le jour de la capitulation vînt bientôt. Puisque Paris devait se rendre, il me semblait qu'il devait le faire le plus vite possible, afin d'arrêter ces luttes civiles, et la mortalité effrayante qui régnait dans la ville, surtout parmi les enfants, dont il mourait maintenant plus de mille par semaine, à peu près le chiffre des naissances. Et puis, les Prussiens ne cessaient pas leur bombardement. Chaque jour, de nouvelles batteries étaient démasquées, et l'on enregistrait de nouvelles victimes. La population des quartiers atteints refluait en masse dans les quartiers du centre, mais, pour être vraiment à l'abri, il aurait fallu évacuer toute la rive gauche.

Les nouvelles de province reçues par pigeon étaient désastreuses. Chanzy avait été battu près du Mans, et avait perdu 10,000 hommes et des canons. Bourbaki avait bien eu un petit succès à Villersexel, mais il n'était d'aucun secours à la capitale.

Enfin, le 25 janvier, des bruits de parlementaires envoyés à Versailles, de capitulation, commencèrent à circuler. Les premiers qui osèrent prononcer trop ouvertement ce mot, furent assez mal accueillis, mais le 26 au soir, on apprend que l'ordre est donné aux remparts et aux forts de cesser le feu sur toute la ligne ; une suspension d'armes était convenue

à dater de minuit. Peu à peu, en effet, le canon
se tut ; mais des projectiles tombèrent encore dans
le quartier du Luxembourg, du Panthéon, de Grenelle ; et à minuit moins un quart, le dernier obus
prussien tomba sur la ville.

Le lendemain, au milieu de l'émotion générale,
on apprenait que Paris avait capitulé, et qu'une
convention militaire, c'est sous ce nom qu'on dé-
guisait la chose, avait été signée. Les journaux du
matin publièrent la communication suivante du
gouvernement :

C'est le cœur brisé de douleur que nous dépo-
sons les armes. Ni les souffrances, ni la mort dans
le combat n'aurait pu contraindre Paris à ce cruel
sacrifice. Il ne cède qu'à la faim. Il s'arrête quand
il n'a plus de pain. Dans cette cruelle situation, le
Gouvernement a fait tous ses efforts pour adoucir
l'amertume d'un sacrifice imposé par la nécessité.
Depuis lundi il négocie ; ce soir a été signé un traité
qui garantit à la garde nationale tout entière son
organisation et ses armes ; l'armée, déclarée prisonnière de guerre, ne quittera point Paris.

Les officiers garderont leur épée. Une assemblée
nationale est convoquée. La France est malheureuse, mais elle n'est pas abattue. Elle a fait son
devoir ; elle reste maîtresse d'elle-même.

Puis le *Journal officiel* du 28, publiait les lignes
suivantes :

Paris veut être sûr que la résistance a duré jusqu'aux dernières limites du possible. Les chiffres

que nous donnerons en seront la preuve irréfragable, et nous mettrons qui que ce soit au défi de les contester.

Nous montrerons qu'il nous reste tout juste assez de pain pour attendre le ravitaillement, et que nous ne pouvons prolonger la lutte sans condamner à une mort certaine deux millions d'hommes, de femmes et d'enfants.

Le siége de Paris a duré quatre mois et douze jours ; le bombardement, un mois entier. Depuis le 15 janvier la ration de pain est réduite à 300 grammes, la ration de viande de cheval, depuis le 15 décembre, n'est que de 30 grammes. La mortalité a plus que triplé.

. . . .

Il y avait encore un entrefilet que je crois utile de citer :

« Plusieurs journaux se livrent à des attaques violentes contre le Gouvernement, et répandent les nouvelles les plus étrangement fausses, notamment en ce qui concerne les subsistances. Le Gouvernement depuis le commencement du siége, a laissé la plus entière liberté à la presse, et il n'entend pas changer de conduite à la veille des élections pour l'Assemblée nationale.

On peut donc discuter les actes du Gouvernement et même les calomnier en pleine liberté. Mais si les journalistes s'oublient jusqu'à provoquer des actes proscrits par la loi, et qui peuvent amener la guerre civile, le Gouvernement, chargé de maintenir l'ordre, et résolu à remplir son mandat, n'hésitera pas à sévir avec la dernière rigueur. »

Paris était donc vaincu, et entraînait dans sa

défaite la France entière. Va-t-il maintenant, une fois qu'il sera ravitaillé, va-t-il pouvoir se livrer aux travaux de la paix, si chèrement achetée ? Hélas ! non, et ce seront les tristes épisodes qui suivirent, qui feront la seconde partie de mes « Souvenirs de garde-national, » la reddition de Paris terminant la première partie.

Table des Matières.

—

Pages

FIN DE LA PREMIÈRE PARTIE.

www.ingramcontent.com/pod-product-compliance
Lightning Source LLC
Chambersburg PA
CBHW061449030726
47503CB00005B/1633